隨手翻
旅遊必備
日文單字

雅典日研所◎企編

+MP3
[附50音發音表]

想說什麼，這本都有

詳列遊日本必備單字

分門別類輕鬆隨手查

旅程中用單字
立即溝通，
讓您輕鬆遊日
不擔心！

收錄逾2800個遊日必備單字，
依照情境分門別類，隨查隨用，
搭配專屬MP3，立即聽馬上說，
簡單搞定從出發到回國的
所有環節

持ち歩き

50音基本發音表

清音 ●track 002

a ㄚ	i ㄧ	u ㄨ	e ㄝ	o ㄡ
あ ア	い イ	う ウ	え エ	お オ
ka ㄎㄚ	ki ㄎㄧ	ku ㄎㄨ	ke ㄎㄝ	ko ㄎㄡ
か カ	き キ	く ク	け ケ	こ コ
sa ㄙㄚ	shi ㄒ	su ㄙㄨ	se ㄙㄝ	so ㄙㄡ
さ サ	し シ	す ス	せ セ	そ ソ
ta ㄊㄚ	chi ㄑㄧ	tsu ち	te ㄊㄝ	to ㄊㄡ
た タ	ち チ	つ ツ	て テ	と ト
na ㄋㄚ	ni ㄋㄧ	nu ㄋㄨ	ne ㄋㄝ	no ㄋㄡ
な ナ	に ニ	ぬ ヌ	ね ネ	の ノ
ha ㄏㄚ	hi ㄏㄧ	fu ㄈㄨ	he ㄏㄝ	ho ㄏㄡ
は ハ	ひ ヒ	ふ フ	へ ヘ	ほ ホ
ma ㄇㄚ	mi ㄇㄧ	mu ㄇㄨ	me ㄇㄝ	mo ㄇㄡ
ま マ	み ミ	む ム	め メ	も モ
ya ㄧㄚ		yu ㄧㄩ		yo ㄧㄡ
や ヤ		ゆ ユ		よ ヨ
ra ㄌㄚ	ri ㄌㄧ	ru ㄌㄨ	re ㄌㄝ	ro ㄌㄡ
ら ラ	り リ	る ル	れ レ	ろ ロ
wa ㄨㄚ		o ㄡ		n ㄣ
わ ワ		を ヲ		ん ン

濁音 ●track 003

ga ㄍㄚ	gi ㄍㄧ	gu ㄍㄨ	ge ㄍㄝ	go ㄍㄡ
が ガ	ぎ ギ	ぐ グ	げ ゲ	ご ゴ
za ㄗㄚ	ji ㄐㄧ	zu ㄗㄨ	ze ㄗㄝ	zo ㄗㄡ
ざ ザ	じ ジ	ず ズ	ぜ ゼ	ぞ ゾ
da ㄉㄚ	ji ㄐㄧ	zu ㄗ	de ㄉㄝ	do ㄉㄡ
だ ダ	ぢ ヂ	づ ヅ	で デ	ど ド
ba ㄅㄚ	bi ㄅㄧ	bu ㄅㄨ	be ㄅㄟ	bo ㄅㄡ
ば バ	び ビ	ぶ ブ	べ ベ	ぼ ボ
pa ㄆㄚ	pi ㄆㄧ	pu ㄆㄨ	pe ㄆㄝ	po ㄆㄡ
ぱ パ	ぴ ピ	ぷ プ	ぺ ペ	ぽ ポ

拗音　　　●track 004

kya ㄎㄧㄚ	kyu ㄎㄧㄩ	kyo ㄎㄧㄡ
きゃ キャ	きゅ キュ	きょ キョ
sha ㄒㄧㄚ	shu ㄒㄧㄩ	sho ㄒㄧㄡ
しゃ シャ	しゅ シュ	しょ ショ
cha ㄑㄧㄚ	chu ㄑㄧㄩ	cho ㄑㄧㄡ
ちゃ チャ	ちゅ チュ	ちょ チョ
nya ㄋㄧㄚ	nyu ㄋㄧㄩ	nyo ㄋㄧㄡ
にゃ ニャ	にゅ ニュ	にょ ニョ
hya ㄏㄧㄚ	hyu ㄏㄧㄩ	hyo ㄏㄧㄡ
ひゃ ヒャ	ひゅ ヒュ	ひょ ヒョ
mya ㄇㄧㄚ	myu ㄇㄧㄩ	myo ㄇㄧㄡ
みゃ ミャ	みゅ ミュ	みょ ミョ
rya ㄌㄧㄚ	ryu ㄌㄧㄩ	ryo ㄌㄧㄡ
りゃ リャ	りゅ リュ	りょ リョ

gya ㄍㄧㄚ	gyu ㄍㄧㄩ	gyo ㄍㄧㄡ
ぎゃ ギャ	ぎゅ ギュ	ぎょ ギョ
ja ㄐㄧㄚ	ju ㄐㄧㄩ	jo ㄐㄧㄡ
じゃ ジャ	じゅ ジュ	じょ ジョ
ja ㄐㄧㄚ	ju ㄐㄧㄩ	jo ㄐㄧㄡ
ぢゃ ヂャ	づゅ ヂュ	ぢょ ヂョ
bya ㄅㄧㄚ	byu ㄅㄧㄩ	byo ㄅㄧㄡ
びゃ ビャ	びゅ ビュ	びょ ビョ
pya ㄆㄧㄚ	pyu ㄆㄧㄩ	pyo ㄆㄧㄡ
ぴゃ ピャ	ぴゅ ピュ	ぴょ ピョ

●　平假名　　片假名

基本篇

交通篇

住宿篇

飲食篇

購物篇

觀光景點

流行時尚

影視娛樂

突發狀況

旅遊必備短句

基本篇

人稱代名詞

單字

わたし　　　我
wa.ta.shi.

わたし達　　我們
wa.ta.shi.ta.chi.

あなた　　　你
a.na.ta.

あなた達　　你們
a.na.ta.ta.chi.

彼　　　他
ka.re.

彼ら　　　他們
ka.re.ra.

彼女　　　她
ka.no.jo.

彼女たち　　她們
ka.no.jo.ta.chi.

わたしの　　我的
wa.ta.shi.no.

あなたの　　你的
a.na.ta.no.

指示代名詞

單字

これ ko.re.	這個
それ so.re.	那個
あれ a.re.	（較遠的）那個
ここ ko.ko.	這裡
そこ so.ko.	那裡
あそこ a.so.ko.	（較遠的）那裡
こちら ko.chi.ra.	這邊
そちら so.chi.ra.	那邊
あちら a.chi.ra.	那邊
あっち a.cchi.	那邊

稱謂

單字

~さん　　　~先生／小姐
sa.n.

せんせい
~先生　　　~老師／醫生
se.n.se.i.

~くん　　　（稱呼後輩或是小男生）~君
ku.n.

~ちゃん

　　　　　　（稱呼女性朋友或小女生）小~
cha.n.

おじさん　　叔叔／伯伯
o.ji.sa.n.

おばさん　　阿姨／伯母
o.ba.sa.n.

ねえ
お姉さん　　姊姊
o.ne.e.sa.n.

にい
お兄さん　　哥哥
o.ni.i.sa.n.

しゅじん
ご主人　　　稱呼對方的先生
go.shu.ji.n.

おくさま
奥様　　　　稱呼對方的老婆
o.ku.sa.ma.

數字單位

單字

数／数 　　数／数量
すう／かず
su.u./ka.zu.

数字 　　數字
すうじ
su.u.ji.

桁 　　位數（如2位數、3位數等）
けた
ke.ta.

一の位 　　個位
いち くらい
i.chi.no.ku.ra.i.

十 　　十
じゅう
ju.u.

百 　　百
ひゃく
hya.ku.

千 　　千
せん
se.n.

万 　　萬
まん
ma.n.

億 　　億
おく
o.ku.

兆 　　兆
ちょう
cho.u.

數字─個位數

單字

いち
一　　　一
i.chi.

に
二　　　二
ni.

さん
三　　　三
sa.n.

よん　し
四／四　　　四
yo.n./shi.

ご
五　　　五
go.

ろく
六　　　六
ro.ku.

しち　なな
七／七　　　七
shi.chi./na.na.

はち
八　　　八
ha.chi.

きゅう　く
九／九　　　九
kyu.u./ku.

まる／ゼロ／れい　　　零
ma.ru./ze.ro./re.i.

數字—十位數

單字

じゅういち
十一　　十一
ju.u./i.chi.

にじゅう
二十　　二十
ni.ju.u.

さんじゅう
三十　　三十
sa.n.ju.u.

よんじゅう
四十　　四十
yo.n.ju.u.

ごじゅう
五十　　五十
go.ju.u.

ろくじゅう
六十　　六十
ro.ku.ju.u.

ななじゅう
七十　　七十
na.na.ju.u.

はちじゅう
八十　　八十
ha.chi.ju.u.

きゅうじゅう
九十　　九十
kyu.u.ju.u.

なんじゅう
何十　　幾十
na.n.ju.u.

數字—百位數

單字

<ruby>二百<rt>にひゃく</rt></ruby>　　兩百
ni.hya.ku.

<ruby>三百<rt>さんびゃく</rt></ruby>　　三百
sa.n.bya.ku.

<ruby>四百<rt>よんひゃく</rt></ruby>　　四百
yo.n.hya.ku.

<ruby>五百<rt>ごひゃく</rt></ruby>　　五百
go.hya.ku.

<ruby>六百<rt>ろっぴゃく</rt></ruby>　　六百
ro.ppya.ku.

<ruby>七百<rt>ななひゃく</rt></ruby>　　七百
na.na.hya.ku.

<ruby>八百<rt>はっぴゃく</rt></ruby>　　八百
ha.ppya.ku.

<ruby>九百<rt>きゅうひゃく</rt></ruby>　　九百
kyu.u.hya.ku.

<ruby>百一<rt>ひゃくいち</rt></ruby>　　一百零一
hya.ku.i.chi.

<ruby>何百<rt>なんびゃく</rt></ruby>　　幾百
na.n.bya.ku.

數字—千位數

單字

二千 <ruby>二千<rt>に せん</rt></ruby>　　兩千
ni.se.n.

三千 <ruby>三千<rt>さんぜん</rt></ruby>　　三千
sa.n.ze.n.

四千 <ruby>四千<rt>よんせん</rt></ruby>　　四千
yo.n.se.n.

五千 <ruby>五千<rt>ごせん</rt></ruby>　　五千
go.se.n.

六千 <ruby>六千<rt>ろくせん</rt></ruby>　　六千
ro.ku.se.n.

七千 <ruby>七千<rt>ななせん</rt></ruby>　　七千
na.na.se.n.

八千 <ruby>八千<rt>はっせん</rt></ruby>　　八千
ha.sse.n.

九千 <ruby>九千<rt>きゅうせん</rt></ruby>　　九千
kyu.u.se.n.

千五百 <ruby>千五百<rt>せんごひゃく</rt></ruby>　　一千五百
se.n.go.hya.ku.

何千 <ruby>何千<rt>なんぜん</rt></ruby>　　幾千
na.n.ze.n.

數量─個數

單字

ひと
一つ　　一個
hi.to.tsu.

ふた
二つ　　二個
fu.ta.tsu.

みっ
三つ　　三個
mi.ttsu.

よっ
四つ　　四個
yo.ttsu.

いつ
五つ　　五個
i.tsu.tsu.

むっ
六つ　　六個
mu.ttsu.

なな
七つ　　七個
na.na.tsu.

やっ
八つ　　八個
ya.ttsu.

ここの
九つ　　　九個
ko.ko.no.tsu.

とお
十　　　十個
to.o.

數量―單位

單字

<ruby>個<rt>こ</rt></ruby>　　個
ko.

<ruby>枚<rt>まい</rt></ruby>　　張
ma.i.

<ruby>箱<rt>はこ</rt></ruby>　　箱子
ha.ko.

<ruby>冊<rt>さつ</rt></ruby>　　本
sa.tsu.

<ruby>本<rt>ほん</rt></ruby>　　瓶／條
ho.n.

<ruby>棟<rt>とう</rt></ruby>　　棟
to.u.

<ruby>杯<rt>はい</rt></ruby>　　杯
ha.i.

<ruby>台<rt>だい</rt></ruby>　　臺
da.i.

<ruby>匹<rt>ひき</rt></ruby>　　隻
hi.ki.

<ruby>羽<rt>わ</rt></ruby>　　隻（鳥類）
wa.

人數單位

單字

ひとり
一人　　　一個人
hi.to.ri.

ふたり
二人　　　兩個人
fu.ta.ri.

さんにん
三人　　　三個人
sa.n.ni.n.

よにん
四人　　　四個人
yo.ni.n.

ごにん
五人　　　五個人
go.ni.n.

じゅうにん
十人　　　十個人
ju.u.ni.n.

いちめい
一名　　　一位
i.chi.me.i.

じゅうめい
十名　　　十位
ju.u.me.i.

なんにん
何人　　　幾個人
na.n.ni.n.

なんめいさま
何名様　　　幾位
na.n.me.i.sa.ma.

長度單位

單字

長<ruby>さ<rt>なが</rt></ruby>　　長度
na.ga.sa.

ミリメートル／ミリ　　　公釐
mi.ri.me.e.to.ru./mi.ri.

センチメートル／センチ　　公分
se.n.chi.me.e.to.ru./se.n.chi.

メートル　　公尺
me.e.to.ru.

キロメートル／キロ　　　公里
ki.ro.me.e.to.ru./ki.ro.

ヤード　　碼
ya.a.do.

フィート　　呎
fi.i.to.

インチ　　吋
i.n.chi.

<ruby>何<rt>なん</rt></ruby>センチ　　幾公分
na.n./se.n.chi.

<ruby>何<rt>なん</rt></ruby>キロ　　幾公里
na.n./ki.ro.

重量單位

單字

重さ _{おも} 重量
o.mo.sa.

グラム　　公克
gu.ra.mu.

キログラム／キロ　　公斤
ki.ro.gu.ra.mu./ki.ro.

オンス　　英兩／盎司
o.n.su.

ポンド　　磅
po.n.do.

トン　　噸
to.n.

何グラム _{なん} 幾公克
na.n./gu.ra.mu.

何キロ _{なん} 幾公斤
na.n./ki.ro.

何オンス _{なん} 幾盎司
na.n./o.n.su.

何ポンド _{なん} 幾磅
na.n./po.n.do.

容量體積單位

單字

ミリリットル　　公撮
mi.ri./ri.tto.ru.

リットル　　公升
ri.tto.ru.

ガロン　　加侖
ga.ro.n.

りっぽう
立方センチメートル　　立方公分
ri.ppo.n./se.n.chi./me.e.to.ru.

りっぽう
立方メートル　　立方公尺
ri.ppo.n./me.e.to.ru.

りっぽうたい
立方体　　立方體
ri.ppo.u.ta.i.

めんせき
面積　　面積
me.n.se.ki.

たいせき
体積　　體積
ta.i.se.ki.

きゅうたい
球体　　球體
kyu.u.ta.i.

えん
円ちゅう　　圓柱
e.n.chu.u.

順序

單字

順序
じゅんじょ
ju.n.jo.　順序

番号
ばんごう
ba.n.go.u.　號碼

一番
いちばん
i.chi./ba.n.　一號／第一／最好

第一
だいいち
da.i./i.chi.　第一

一ページ
いち
i.chi./pe.e.ji.　一頁

五階
ご かい
go./ka.i.　五樓

最初
さいしょ
sa.i.sho.　最初

最後
さいご
sa.i.go.　最後

半分
はんぶん
ha.n.bu.n.　一半

二分の一
に ぶん いち
ni.bu.n.no./i.chi.　二分之一

時間單位

單字

<ruby>時間<rt>じかん</rt></ruby>　　時間
ji.ka.n.

<ruby>秒<rt>びょう</rt></ruby>　　秒
byo.u.

<ruby>分<rt>ふん</rt></ruby>　　分
fu.n.

<ruby>時<rt>じ</rt></ruby>／<ruby>時間<rt>じかん</rt></ruby>　　～點／小時
ji./ji.ka.n.

<ruby>日<rt>ひ</rt></ruby>　　日
hi.

<ruby>週<rt>しゅう</rt></ruby>　　週
shu.u.

<ruby>月<rt>つき</rt></ruby>　　月
tsu.ki.

<ruby>年<rt>ねん</rt></ruby>　　月
ne.n.

<ruby>毎日<rt>まいにち</rt></ruby>　　毎天
ma.i.ni.chi.

<ruby>毎年<rt>まいとし</rt></ruby>　　毎年
ma.i.to.shi.

日期長度單位

單字

いちじかん
一時間　　　一個小時
i.chi.ji.ka.n.

いっしゅうかん
一週間　　　一個星期
i.sshu.u.ka.n.

いっかげつ
一ヶ月　　　一個月
i.kka.ge.tsu.

はんつき
半月　　　半個月
ha.n.tsu.ki.

いちねん
一年　　　一年
i.chi.ne.n.

はんとし
半年　　　半年
ha.n.to.shi.

いちにち
一日　　　一天
i.chi.ni.chi.

ふつかかん
二日間　　　兩天
fu.tsu.ka.ka.n.

はんにち
半日　　　半天
ha.n.ni.chi.

ごふんかん
五分間　　　五分鐘
go.fu.n.ka.n

年號

單字

ねんごう／げんごう
年号／元号　　年號
ne.n.go.u./ge.n.go.u.

せいれき
西暦　　西曆
se.i.re.ki.

われき
和暦　　和曆（日本的年號）
wa.re.ki.

めいじ
明治　　明治（1868 ～ 1912）
me.i.ji.

たいしょう
大正　　大正（1912 ～ 1926）
ta.i.sho.u.

しょうわ
昭和　　昭和（1926 ～ 1989）
sho.u.wa.

へいせい
平成　　平成（1989 ～ ）
he.i.se.i.

きゅうじゅう　ねんだい
9　0　年代　　90 年代（1990 ～ 1999）
kyu.u.ju.u./ne.n.da.i.

にせんねんだい　　ねんだい
2000 年代／ゼロ年代

　　　　　　2000 年代（2000 ～ 2009）
ni.se.n.ne.n.da.i./ze.ro.ne.n.da.i.

月份（1）

單字

いんれき
陰暦　　陰暦／農暦
i.n.re.ki.

ようれき
陽暦　　陽暦
yo.u.re.ki.

しょうがつ
正月　　正月（一月）
sho.u.ga.tsu.

きゅうしょうがつ
旧正月　　農暦一月
kyu.u.sho.u.ga.tsu.

いちがつ
一月　　一月
i.chi.ga.tsu.

にがつ
二月　　二月
ni.ga.tsu.

さんがつ
三月　　三月
sa.n.ga.tsu.

しがつ
四月　　四月
shi.ga.tsu.

ごがつ
五月　　五月
go.ga.tsu.

ろくがつ
六月　　六月
ro.ku.ga.tsu.

月份（2）

單字

七月　　七月
shi.chi.ga.tsu.

八月　　八月
ha.chi.ga.tsu.

九月　　九月
ku.ga.tsu.

十月　　十月
ju.u.ga.tsu.

十一月　　　十一月
ju.u.i.chi.ga.tsu.

十二月　　　十二月
ju.u.ni.ga.tsu.

先月　　上個月
se.n.ge.tsu.

今月　　這個月
ko.n.ge.tsu.

来月　　下個月
ra.i.ge.tsu.

毎月　　每個月
ma.i.tsu.ki.

日期 1 — 10 日

單字

ついたち
一日　　　一日
tsu.i.ta.chi.

ふつか
二日　　　二日
fu.tsu.ka.

みっか
三日　　　三日
mi.kka.

よっか
四日　　　四日
yo.kka.

いつか
五日　　　五日
i.tsu.ka.

むいか
六日　　　六日
mu.i.ka.

なのか
七日　　　七日
na.no.ka.

ようか
八日　　　八日
yo.u.ka.

ここのか
九日　　　九日
ko.ko.no.ka.

とおか
十日　　　十日
to.o.ka.

日期 11 — 20 日

單字

じゅういちにち
十一日　　　十一日
ju.u.i.chi./ni.chi.

じゅうににち
十二日　　　十二日
ju.u.ni./ni.chi.

じゅうさんにち
十三日　　　十三日
ju.u.sa.n./ni.chi.

じゅうよっか
十四日　　　十四日
ju.u./yo.kka.

じゅうごにち
十五日　　　十五日
ju.u.go./ni.chi.

じゅうろくにち
十六日　　　十六日
ju.u.ro.ku./ni.chi.

じゅうしちにち
十七日　　　十七日
ju.u.shi.chi./ni.chi.

じゅうはちにち
十八日　　　十八日
ju.u.ha.chi./ni.chi.

じゅうくにち
十九日　　　十九日
ju.u.ku./ni.chi.

はつか
二十日　　　二十日
ha.tsu.ka.

日期 21 — 31 日

單字

にじゅういちにち
二十一日　　二十一日
ni.ju.u.i.chi./ni.chi.

にじゅうににち
二十二日　　二十二日
ni.ju.u.ni./ni.chi.

にじゅうさんにち
二十三日　　二十三日
ni.ju.u.sa.n./ni.chi.

にじゅうよっか
二十四日　　二十四日
ni.ju.u./yo.kka.

にじゅうごにち
二十五日　　二十五日
ni.ju.u.go./ni.chi.

にじゅうろくにち
二十六日　　二十六日
ni.ju.u.ro.ku./ni.chi.

にじゅうしちにち
二十七日　　二十七日
ni.ju.u.shi.chi./ni.chi.

にじゅうはちにち
二十八日　　二十八日
ni.ju.u.ha.chi./ni.chi.

にじゅうくにち
二十九日　　二十九日
ni.ju.u.ku./ni.chi.

さんじゅうにち
三十日　　三十日
sa.n.ju.u./ni.chi.

さんじゅういちにち
三十一日　　三十一日
sa.n.ju.u.i.chi./ni.chi.

今明昨天

單字

今日 今天
kyo.u.

昨日 昨天
ki.no.u.

一昨日 前天
o.to.to.i.

明日 明天
a.shi.ta.

あさって 後天
a.ssa.te.

今年 今年
ko.to.shi.

去年 去年
kyo.ne.n.

来年 明年
ra.i.ne.n.

先週 上週
se.n.shu.u.

来週 下週
ra.i.shu.u.

星期

單字

にちよう び
日曜日　　　星期日
ni.chi.yo.u.bi.

げつよう び
月曜日　　　星期一
ge.tsu.yo.u.bi.

か よう び
火曜日　　　星期二
ka.yo.u.bi.

すいよう び
水曜日　　　星期三
su.i.yo.u.bi.

もくよう び
木曜日　　　星期四
mo.ku.yo.u.bi.

きんよう び
金曜日　　　星期五
ki.n.yo.u.bi.

ど よう び
土曜日　　　星期六
do.yo.u.bi.

しゅうまつ
週末　　　週末
shu.u.ma.tsu.

ど にち
土日　　　週末
do.ni.chi.

まいしゅう
毎週　　　每週
ma.i.shu.u.

時間—小時

單字

<ruby>一時<rt>いちじ</rt></ruby>
i.chi.ji.　　一點

<ruby>二時<rt>にじ</rt></ruby>
ni.ji.　　兩點

<ruby>三時<rt>さんじ</rt></ruby>
sa.n.ji.　　三點

<ruby>四時<rt>よじ</rt></ruby>
yo.ji.　　四點

<ruby>五時<rt>ごじ</rt></ruby>
go.ji.　　五點

<ruby>六時<rt>ろくじ</rt></ruby>
ro.ku.ji.　　六點

<ruby>七時<rt>しちじ</rt></ruby>
shi.chi.ji.　　七點

<ruby>八時<rt>はちじ</rt></ruby>
ha.chi.ji.　　八點

<ruby>九時<rt>くじ</rt></ruby>
ku.ji.　　九點

<ruby>十時<rt>じゅうじ</rt></ruby>
ju.u.ji.　　十點

時間─小時、分鐘

單字

じゅういちじ
十一時　　　十一點
ju.u.i.chi.ji.

じゅうにじ
十二時　　　十二點
ju.u.ni.ji.

いちじかんはん
一時間半　　一個半小時
i.chi.ji.ka.n./ha.n.

いちじはん
一時半　　　一點半
i.chi.ji./ha.n.

なんじ
何時　　　幾點
na.n.ji.

なんぷん
何分　　　幾分
na.n.pu.n.

いっぷん
一分　　　一分
i.ppu.n.

にふん
二分　　　兩分
ni.fu.n.

さんぷん
三分　　　三分
sa.n.pu.n.

よんぷん
四分　　　四分
yo.n.pu.n.

時間—分鐘

單字

ご ふん
五分　　五分
fo.fu.n.

ろっぷん
六分　　六分
fo.ppu.n.

なな ふん
七分　　七分
na.na.fu.n.

はっぷん
八分　　八分
ha.ppu.n.

きゅう ふん
九分　　九分
kyu.u.fu.n.

じっぷん
十分　　十分
ji.ppu.n.

じゅうご ふん
十五分　　十五分
ju.u.go.fu.n.

にじっぷん
二十分　　二十分
ni.ji.ppu.n.

さんじっぷん
三十分　　三十分
sa.n.ji.ppu.n.

よんじっぷん
四十分　　四十分
yo.n.ji.ppu.n.

早午晚

單字

早前
go.ze.n.
早上到中午之間的時段

午後
go.go.
下午

朝
a.sa.
早上

昼
hi.ru.
白天

夜
yo.ru.
晚上

夜中
yo.na.ka.
深夜

夕方
yu.u.ga.ta.
下午

今朝
ke.sa.
今天早上

今晚
ko.n.ba.n.
今天晚上

昨夜
yu.u.be.
昨天晚上

節日

單字

祝日　　國定假日
しゅくじつ
shu.ku.ji.tsu.

休み　　休假／假日
やす
ya.su.mi.

ゴールデンウイーク　　黃金週
go.o.ru.de.n.u.i.i.ku.

お盆　　盆盂蘭節／中元
ぼん
o.bo.n.

歳末　　年末
さいまつ
sa.i.ma.tsu.

クリスマス　　聖誕節
ku.ri.su.ma.su.

バレンタインデー　　情人節
ba.re.n.ta.i.n.de.e.

こどもの日　　兒童節
ひ
ko.do.mo.no.hi.

ひな祭り　　女兒節
まつ
hi.na.ma.tsu.ri.

七夕　　七夕
たなばた
ta.na.ba.ta.

季節

單字

しき
四季　　四季
shi.ki.

はる
春　　春
ha.ru.

なつ
夏　　夏
na.tsu.

あき
秋　　秋
a.ki.

ふゆ
冬　　冬
fu.yu.

なつやす
夏休み　　暑假
na.tsu./ya.su.mi.

ふゆやす
冬休み　　寒假
fu.yu./ya.su.mi.

さむ
寒い　　寒冷的
sa.mu.i.

あつ
暑い　　炎熱的
a.tsu.i.

あたた
暖かい　　暖和的
a.ta.ta.ka.i.

氣象

單字

晴れ　　晴朗
ha.re.

曇り　　多雲
ku.mo.ri.

雪　　下雪
yu.ki.

雨　　雨天
a.me.

風　　風
ka.ze.

晴れから曇り　　晴轉多雲
ha.re./ka.ra./ku.mo.ri.

雨のち晴れ　　雨轉晴／雨過天晴
a.me./no.chi./ha.re.

晴れ時々曇り　　晴時多雲
ha.re./to.ki.do.ki./ku.mo.ri.

乾燥　　乾燥的
ka.n.so.u.

蒸し暑い　　溼熱的／悶熱的
mu.shi.a.tsu.i.

氣候

單字

気温
ki.o.n.
氣溫

降水確率
ko.u.su.i.ka.ku.ri.tsu.
降雨率

熱帯
ne.tta.i.
熱帶

亜熱帯
a.ne.tta.i.
亞熱帶

温帯
o.n.ta.i.
溫帶

寒帯
ka.n.ta.i.
寒帶

桜前線
sa.ku.ra.ze.n.se.n.
櫻花開花預測線

梅雨前線
ba.i.u.ze.n.se.n.
梅雨預測線

梅雨
tsu.yu.
梅雨

初雪
ha.tsu.yu.ki.
當年第一場雪

地形

單字

やま
山　　　山
ya.ma.

うみ
海　　　海
u.mi.

かわ　　かわ
河／川　　　河／川
ka.wa./ka.wa.

みずうみ
湖　　　湖
mi.zu.u.mi.

しま
島　　　島
shi.ma.

さばく
砂漠　　　沙漠
sa.ba.ku.

そうげん
草原　　　草原
so.u.ge.n.

きょうこく
峡谷　　　峡谷
kyo.u.ko.ku.

さきゅう
砂丘　　　沙丘
sa.kyu.u.

たき
滝　　　瀑布
ta.ki.

形狀

單字

まる
丸い　　　圓的
ma.ru.i.

しかく
四角い　　四方的
shi.ka.ku.i.

なが
長い　　　長的
na.ga.i.

みじか
短い　　　短的
mi.ji.ka.i.

あつ
厚い　　　厚的
a.tsu.i.

うす
薄い　　　薄的
u.su.i.

おお
大きい　　大的
o.o.ki.i.

ちい
小さい　　小的
chi.i.sa.i.

ふと
太い　　　粗的
fu.to.i.

ほそ
細い　　　細的
ho.so.i.

常見顏色

單字

色 色彩
i.ro.

赤 紅色
a.ka.

白／ホワイト 白色
shi.ro./ho.wa.i.to.

黒／ブラック 黑色
ku.ro./bu.ra.kku.

紫／パープル 紫色
mu.ra.sa.ki./pa.a.pu.ru.

青／ブルー 藍色
a.o./bu.ru.u.

緑／グリーン 綠色
mi.do.ri./gu.ri.i.n.

黄色／イエロー 黃色
ki.i.ro./i.e.ro.o.

銀／シルバー 銀白色
gi.n./shi.ru.ba.a.

金／ゴールド 金色
ki.n./go.o.ru.do.

顔色—灰白黄綠

單字

グレー　　　灰色
gu.re.e.

ミント色　　薄荷色
mi.n.to.i.ro.

ライトグリーン　　　淡綠色
ra.i.to./gu.ri.i.n.

茶色　　　茶色
cha.i.ro.

ブラウン　　棕色
bu.ra.u.n.

ダークブラウン　　　深棕色
da.a.ku./bu.ra.u.n.

オレンジ　　橘色
o.re.n.ji.

ベージュ　　米色
be.e.ju.

マスタードイエロー　　　芥茉黃
ma.su.ta.a.do./i.e.ro.o.

シトリンイエロー　　　檸檬黃
shi.to.ri.n./i.e.ro.o.

顔色—藍紅紫

單字

真っ赤 大紅
ま か
ma.kka.

ピンク 粉紅色
pi.n.ku.

ラズベリーピンク 木莓紅
ra.zu.be.ri.i./pi.n.ku.

ルビーレッド 寶石紅
ru.bi.i./re.ddo.

ローズクォーツピンク 淺玫瑰色
ro.o.zu.ko.o.tsu./pi.n.ku.

紺 深藍色
こん
ko.n.

ネイビー 海軍藍
ne.i.bi.i.

ライトブルー 淺藍色
ra.i.to.bu.ru.u.

グレープ色 淡紫色
いろ
gu.re.e.pu./i.ro.

チェリーパープル 櫻桃紫
che.ri.i./pa.a.pu.ru.

情感─喜怒哀樂

單字

うれしい　　高興
u.re.shi.i.

楽しい　　快樂
ta.no.shi.i.

興奮　　興奮
ko.u.fu.n.

満足　　滿足
ma.n.zo.ku.

ムカつく　　生氣
mu.ka.tsu.ku.

意外　　感到意外
i.ga.i.

悲しい　　悲傷
ka.na.shi.i.

寂しい　　寂寞
sa.bi.shi.i.

苦しい　　痛苦／煎熬
ku.ru.shi.i.

切ない　　悲傷
se.tsu.na.i.

情感—其他

單字

うんざり　　　煩
u.n.za.ri.

びっくり　　　驚訝
bi.kku.ri.

惜しい　　　可惜
o.shi.i.

悔しい　　　不甘心
ku.ya.shi.i.

残念　　　可惜
za.n.ne.n.

つまらない　　　無聊
tsu.ma.ra.na.i.

だるい　　　沒勁／很累
da.ru.i.

怖い　　　可怕／害怕
ko.wa.i.

悩む　　　煩惱
na.ya.mu.

かわいそう　　　真可憐
ka.wa.i.so.u.

常見公共設施

單字

としょかん
図書館　　　圖書館
to.sho.ka.n.

しみんかいかん
市民会館　　　市民活動中心
shi.mi.n.ka.i.ka.n.

ゆうびんきょく
郵便局　　　郵局
yu.u.bi.n.kyo.ku.

ポスト　　　郵筒
po.su.to.

ぎんこう
銀行　　　銀行
gi.n.ko.u.

こうえん
公園　　　公園
ko.u.e.n.

ちゅうしゃじょう
駐車場　　　停車場
chu.u.sha.jo.u.

がっこう
学校　　　學校
ga.kko.u.

こうしゅうでんわ
公衆電話　　　公共電話
ko.u.shu.u./de.n.wa.

こうしゅう
公衆トイレ　　　公共廁所
ko.u.shu.u./to.i.re.

建築物

單字

じゅうたくがい
住宅街　　住宅區
ju.u.ta.ku.ga.i.

たてもの
建物　　建築物
ta.te.mo.no.

いえ
家　　家／房子
i.e.

ビル　　大樓
bi.ru.

アパート　　公寓
a.pa.a.to.

マンション　　高級公寓
ma.n.sho.n.

いっけんや
一軒家　　獨棟建築
i.kke.n.ya.

そうこ
倉庫　　倉庫
so.u.ko.

こうじょう
工場　　工廠
ko.u.jo.u.

しゃこ
車庫　　車庫
sha.ko.

公共空間標語

單字

右側通行　　靠右行走
みぎがわつうこう
mi.gi.ga.wa.tsu.u.ko.u.

お願い　　請求
ねが
o.ne.ga.i.

防犯カメラ作動中　　監視器監視錄影中
ぼうはん　　　　さどうちゅう
bo.u.ha.n.ka.me.ra./sa.do.u.chu.u.

非常口　　逃生門
ひじょうぐち
hi.jo.u.gu.chi.

立ち入り禁止　　閒人勿進
た　い　きんし
ta.chi.i.ri./ki.n.shi.

引く　　拉（門）
ひ
hi.ku.

押す　　推（門）
お
o.su.

ご遠慮ください。　　請勿
えんりょ
go.e.n.ryo./ku.da.sa.i.

足元にご注意　　小心腳步
あしもと　　ちゅうい
a.shi.mo.to.ni./go.chu.u.i.

マナーモードにお切り替えください
き　か
　　　　　　　　　　切換成手機靜音模式
ma.na.a.mo.o.do.ni./o.ki.ri.ka.e./ku.da.sa.i.

方向

單字

ほうがく
方角　　方位
ho.u.ga.ku.

ひがし
東　　　東
hi.ga.shi.

みなみ
南　　　南
mi.na.mi.

にし
西　　　西
ni.shi.

きた
北　　　北
ki.ta.

なか
中　　　中間
na.ka.

ほくとう
北東　　東北
ho.ku.to.u.

なんとう
南東　　東南
na.n.to.u.

ほくせい
北西　　西北
ho.ku.se.i.

なんせい
南西　　西南
na.n.se.i.

位置

単字

ひだり
左　　　左
hi.da.ri.

ひだりがわ
左側　　　左邊
hi.da.ri.ga.wa.

みぎ
右　　　右
mi.gi.

みぎがわ
右側　　　右邊
mi.gi.ga.wa.

まえ　　　前方
ma.e.

うしろ　　　後方
u.shi.ro.

はんたいがわ
反対側　　　對面的
ha.n.ta.i.ga.wa.

となり
隣　　　在～旁
to.na.ri.

ま　なか
真ん中　　　正中間
ma.n.na.ka.

ちか
近く　　　附近
chi.ka.ku.

交通篇

主要航空公司

單字

航空会社　　航空公司
こうくうがいしゃ
ko.u.ku.u./ga.i.sha.

格安航空会社　　廉價航空 (LCC)
かくやすこうくうがいしゃ
ka.ku.ya.su./ko.u.ku.u./ga.i.sha.

日本航空／ジャル　　日本航空 (JAL)
にほんこうくう
ni.ho.n.ko.u.ku.u./ja.ru.

全日空　　全日空
ぜんにっくう
ze.ni.kku.u.

チャイナエアライン　　中華航空
cha.i.na./e.a./ra.i.n.

エバー航空　　長榮航空
こうくう
e.ba.a./ko.u.ku.u.

キャセイ・パシフィック航空　　國泰航空
こうくう
kya.se.i./pa.shi.fi.kku./ko.u.ku.u.

ジェットスター　　捷星航空
je.tto./su.ta.a.

ピーチ　　Peach 樂桃航空
pi.i.chi.

シンガポール航空　　新加坡航空
こうくう
shi.n.ga.po.o.ru./ko.u.ku.u.

搭機

單字

チケット　　　機票
chi.ke.tto.

搭乗手続き　　　登機報到手續
to.u.jo.u.te.tsu.zu.ki.

ボーディングカード／搭乗券　　　登機證
bo.o.di.n.gu./ka.a.do./to.u.jo.u.ke.n.

ゲート　　　登機門
ge.e.to.

乗り継ぎ　　　轉機
no.ri.tsu.gi.

スケール　　　（行李）磅秤
su.ke.e.ru.

手荷物　　　隨身行李
te.ni.mo.tsu.

目的地　　　目的地
mo.ku.te.ki.chi.

キャンセル待ち　　　等候補
kya.n.se.ru.ma.chi.

離陸／出発　　　起飛
ri.ri.ku./shu.ppa.tsu.

機內狀況

單字

キャビンアテンダント　　　空服員
kya.bi.n.a.te.n.da.n.to.

パイロット　　駕駛員
pa.i.ro.tto.

シートベルト　　安全帶
shi.i.to.be.ru.to.

アナウンス　　（機內）廣播
a.na.u.n.su.

きないはんばい
機内販売　　機上免税品販售
ki.na.i./ha.n.ba.i.

めんぜいひん
免税品　　免税品
me.n.ze.i.hi.n.

ひこうきよい
飛行機酔い　　暈機
hi.ko.u.ki.yo.i.

きないしょく
機内食　　飛機餐
ki.na.i.sho.ku.

ひ
日よけ　　（窗戶的）遮陽板
hi.yo.ke.

ひこうじかん
飛行時間　　飛行時間
hi.ko.u.ji.ka.n.

機內座位設備

單字

エコノミークラス　　　經濟艙
e.ko.no.mi.i./ku.ra.su.

ファーストクラス　　　頭等艙
fa.a.su.to./ku.ra.su.

ビジネスクラス　　　商務艙
bi.ji.ne.su./ku.ra.su.

まどがわ
窓側　　　靠窗座位
ma.do.ga.wa.

つうろがわ
通路側　　　走道座位
tsu.u.ro.ga.wa.

ひじょうでぐち
非常出口　　　緊急出口
hi.jo.u.de.gu.chi.

きないし
機内誌　　　機上雜誌
ki.na.i.shi.

イヤフォン　　　耳機
i.ya.fo.n.

くび
首まくら　　　頸枕
ku.bi./ma.ku.ra.

アイマスク　　　眼罩
a.i.ma.su.ku.

出入境

單字

税関 海關
ze.i.ka.n.

出入国管理ゲート　出入境櫃檯
shu.tsu.nyu.u.ko.ku./ka.n.ri./ge.e.to.

パースポート／旅券　護照
pa.a.su.po.o.to./ryo.ke.n.

ビザ　簽證
bi.za.

入国審査　入國檢查
nyu.u.ko.ku.shi.n.sa.

入国カード　入國申請書
nyu.u.ko.ku.ka.a.do.

税関申告書　海關申報書
ze.i.ka.n.shi.n.ko.ku.sho.

検疫　檢疫
ke.n.e.ki.

遺失物案内　失物招領
i.shi.tsu.bu.tsu./a.n.na.i.

外国人　外國人
ga.i.ko.ku.ji.n.

機場接送

單字

とうちゃく
到着　　入境
to.u.cha.ku.

しゅっぱつ
出発ロビー　　出境大廳
shu.ppa.tsu./ro.bi.i.

ターミナル　　航站大廈
ta.a.mi.na.ru.

くうこう
空港バス　　機場巴士
ku.u.ko.u./ba.su.

そうげい
送迎バス／シャトルバス　　接駁車
so.u.ge.i.ba.su./sha.to.ru.ba.su.

リムジンバス　　利木津巴士／機場巴士
ri.mu.ji.n./ba.su.

しない
市内　　市區
shi.na.i.

ちょくつう
直通　　直達
cho.ku.tsu.u.

くうこうそうげい
空港送迎　　機場接送
ku.u.ko.u./so.u.ge.i.

ま　あ
待ち合わせ　　相約會合／等待
ma.chi.a.wa.se.

交通工具

單字

でんしゃ
電車　　　火車
de.n.sha.

じどうしゃ
自動車　　　汽車
ji.do.u.sha.

レンタカー　　　租車
re.n.ta.ka.a.

バス　　　公共汽車
ba.su.

タクシー　　　計程車
ta.ku.shi.i.

じてんしゃ
自転車　　　腳踏車
ji.te.n.sha.

オートバイ　　　摩托車
o.o.to.ba.i.

げんつき
原付／スクーター　　　輕型機車
ge.n.tsu.ki./su.ku.u.ta.a.

ふね
船　　　船
fu.ne.

ひこうき
飛行機　　　飛機
hi.ko.u.ki.

日本主要鐵路交通網名稱

單字

JR グループ　　　JapanRailways 日本鐵道公司
je.a.ru.gu.ru.u.pu.

さんりくてつどう
三陸鉄道　　　　三陸鐵路公司
sa.n.ri.ku./te.tsu.do.u.

けいせいでんてつ
京成電鉄　　　　京成電鐵公司
ke.i.se.i./de.n.te.tsu.

せいぶてつどう
西武鉄道　　　　西武鐵路公司
se.i.bu./te.tsu.do.u.

おだきゅうでんてつ
小田急電鉄　　　　小田急電鐵公司
o.da.kyu.u./de.n.te.tsu.

とうきょうちかてつ
東京地下鉄　　　　東京地下鐵公司
to.u.kyo.u./chi.ka.te.tsu.

な ご や てつどう　めいてつ
名古屋鉄道／名鉄　　　名古屋鐵路公司
na.go.ya./te.tsu.do.u./me.i.te.tsu.

きんきにほんてつどう　きんてつ
近畿日本鉄道／近鉄　　　近畿日本鐵路公司
ki.n.ki./ni.ho.n./te.tsu.do.u./ki.n.te.tsu.

はんしんでんきてつどう
阪神電気鉄道　　　阪神電鐵公司
ha.n.shi.n./de.n.ki./te.tsu.do.u.

はんきゅうでんてつ
阪急電鉄　　　　阪急電鐵公司
ha.n.kyu.u./de.n.te.tsu.

火車地鐵

單字

<ruby>地下鉄<rt>ち か て つ</rt></ruby>　　　地鐵
chi.ka.te.tsu.

<ruby>新幹線<rt>しんかんせん</rt></ruby>　　　高速鐵路／新幹線
shi.n.ka.n.se.n.

<ruby>特急<rt>とっきゅう</rt></ruby>　　特快
to.kkyu.u.

<ruby>急行<rt>きゅうこう</rt></ruby>　　　快車
kyu.u.ko.u.

<ruby>通勤列車<rt>つうきんれっしゃ</rt></ruby>　　　通勤電車
tsu.u.ki.n.re.ssha.

<ruby>普通<rt>ふつう</rt></ruby>　　各站皆停的列車
fu.tsu.u.

<ruby>路面電車<rt>ろめんでんしゃ</rt></ruby>　　　路面電車
ro.me.n.de.n.sha.

モノレール　　　輕軌電車
mo.no.re.e.ru.

リニア／リニアモーターカー　　　磁浮列車
ri.ni.a./ri.ni.a.mo.o.ta.a.ka.a.

<ruby>貨物列車<rt>かもつれっしゃ</rt></ruby>　　　貨運列車
ka.mo.tsu.re.ssha.

車站設備

單字

駅　　車站
e.ki.

駅ビル　　車站大樓
e.ki.bi.ru.

案内所　　詢問處
a.n.na.i.jo.

待合室　　候車室
ma.chi.a.i.shi.tsu.

改札口　　剪票口
ka.i.sa.tsu.gu.chi.

自動改札口　　自動感應票口
ji.do.u./ka.i.sa.tsu.gu.chi.

ホーム　　月臺
ho.o.mu.

精算機　　補票機
se.i.sa.n.ki.

駅員　　站員
e.ki.i.n.

観光案内所　　遊客服務中心
ka.n.ko.u./a.n.na.i.jo.

轉乘

單字

線　　　線（火車的路線）
せん
se.n.

乗り換え　　換車
の　か
no.ri.ka.e.

下車　　下車
げしゃ
ge.sha.

乗車　　上車
じょうしゃ
jo.u.sha.

ラッシュ　　交通擁擠
ra.sshu.

乗り越し　　坐過站
の　こ
no.ri.ko.shi.

乗り間違え　　坐錯車
の　まちが
no.ri.ma.chi.ga.e.

乗り換え案内　　轉乘資訊
の　か　あんない
no.ri.ka.e./a.n.na.i.

運行情報　　運行資訊
うんこうじょうほう
u.n.ko.u.jo.u.ho.u.

回送　　回車庫（不提供載客服務）
かいそう
ka.i.so.u.

票券種類

單字

おうふく
往復　　　來回
o.u.fu.ku.

かたみち
片道　　　單程
ka.ta.mi.chi.

でんし
電子マネー　　　儲值卡
de.n.shi.ma.ne.e.

ふつうじょうしゃけん
普通乗車券　　　一般乘車券
fu.tsu.u./jo.u.sha.ke.n.

ていきじょうしゃけん　ていきけん
定期乗車券／定期券　定期車票（月票等）
te.i.ki./jo.u.sha.ke.n./te.i.ki.ke.n.

かいすうじょうしゃけん　かいすうけん
回数乗車券／回数券　　　回數車票
ka.i.su.u./jo.u.sha.ke.n./ka.i.su.u.ke.n.

いちにちじょうしゃけん
一日乗車券　　　一日券（不限次數乘車）
i.chi.ni.chi./jo.u.sha.ke.n.

だんたいじょうしゃけん
団体乗車券　　　團體票
da.n.ta.i./jo.u.sha.ke.n.

しゅうゆう
周遊きっぷ　　　固定區間內不限次數乘車券
shu.u.yu.u./ki.ppu.

きょうつう
共通　　通用（巴士電車間、電車地下鐵間）
kyo.u.tsu.u.

購票

單字

切符売り場　　售票處
ki.ppu./u.ri.ba.

運賃　　車資
u.n.chi.n.

料金／特急料金
金額／特急以上額外車資
ryo.u.ki.n./to.kkyu.u.ryo.u.ki.n.

席　　座位
se.ki.

自由席／指定席　　自由座／對號座
ji.yu.u.se.ki./shi.te.i.se.ki.

みどりの窓口　　JR 的購票窗口
mi.do.ri.no./ma.do.gu.chi.

乗車券／切符　　（巴士、火車）車票
jo.u.sha.ke.n./ki.ppu.

チャージ　　儲值
cha.a.ji.

払い戻し　　退票
ha.ra.i.mo.do.shi.

変更　　換（票）
he.n.ko.u.

常見路線

單字

ざいらいせん
在来線　　　一般火車路線（相對於新幹線）
za.i.ra.i.se.n.

でんしゃろせんず
電車路線図　　　電車路線圖
de.n.sha./ro.se.n.zu.

ちかてつろせんず
地下鉄路線図　　　地下鐵路線圖
chi.ka.te.tsu./ro.se.n.zu.

やまのてせん
山手線　　（東京）JR 山手線
ya.ma.no.te.se.n.

とうきゅうとうよこせん
東急東横線　　　（東京）東急東横線
do.u.kyu.u./to.u.yo.ko.se.n.

ふくとしんせん
副都心線　　（東京）地下鐵副都心線
fu.ku.to.shi.n.se.n.

まる　うちせん
丸ノ内線　　（東京）地下鐵丸之內線
ma.ru.no.u.chi.se.n.

めいじょうせん
名城線　　（名古屋）地下鐵名城線
me.i.jo.u.se.n.

みどうすじせん
御堂筋線　　（大阪）地下鐵御堂筋線
mi.do.u.su.ji.se.n.

よ　ばしせん
四つ橋線　　（大阪）地下鐵四橋線
yo.tsu.ba.shi.se.n.

班次時刻

單字

じこくひょう
時刻表　　　時刻表
ji.ko.ku.hyo.u.

しはつれっしゃ　　しはつ
始発列車／始発　　　頭班車
shi.ha.tsu.re.ssha./shi.ha.tsu.

さいしゅうれっしゃ　しゅうでん
最終列車／終電　　　末班車
sa.i.shu.u.re.ssha./shu.u.de.n.

しゅっぱつじこく
出発時刻　　　出發時間
shu.ppa.tsu./ji.ko.ku.

とうちゃくじこく
到着時刻　　　到達時間
to.u.cha.ku./ji.ko.ku.

ひづけ
日付　　　日期
hi.zu.ke.

じこく
時刻　　　時間
ji.ko.ku.

しゅっぱつち
出発地　　　出發地
shu.ppa.tsu.chi.

もくてきち
目的地　　　目的地
mo.ku.te.ki.chi.

けいゆえき
経由駅　　　轉乘車站／行經車站
ke.i.yu.e.ki.

火車常見標語

單字

駅構内禁煙　　　車站内請勿吸菸
e.ki.ko.u.na.i./ki.n.e.n.

駆け込み乗車　　搶搭上車
ka.ke.ko.mi./jo.u.sha.

車内マナー　　　車内禮儀
sha.na.i.ma.na.a.

非常停止ボタン　　　緊急停止按扭
hi.jo.u.te.i.shi./bo.ta.n.

線の内側でお待ちください　　　請站在線内等
se.n.no./u.chi.ga.wa.de./o.ma.chi./ku.da.sa.i.

踏み切りあり　　　前有平交道
fu.mi.ki.ri.a.ri.

優先席　　　博愛座
yu.u.se.n.se.ki.

席の譲り合い　　　禮譲座位
se.ki.no./yu.zu.ri.a.i.

通話はご遠慮ください

　　　　　　　　　請勿使用行動電話通話
tsu.u.wa.wa./go.e.n.ryo./ku.da.sa.i.

公車

單字

バス停留所　　公車站
ba.su./te.i.ryu.u.jo.

バス停　　公車站
ba.su.te.i.

バスのりば　　公車乘車處
ba.su.no.ri.ba.

行先　　目的地
i.ki.sa.ki.

上り　　上行
no.bo.ri.

下り　　下行
ku.da.ri.

ターミナル／終点　　終點站
ta.a.mi.na.ru./shu.u.te.n.

バス案内所　　公車詢問處
ba.su.a.n.na.i.jo.

バス運転手　　公車駕駛
ba.su./u.n.te.n.shu.

停車　　停車
te.i.sha.

公車購票

單字

やこう
夜行バス　　　夜間巴士
ya.ko.u.ba.su.

こうそく
高速バス　　　長途客車
ko.u.so.ku.ba.su.

ろせん
路線バス　　　短程公車
ro.se.n.ba.su.

せいりけん
整理券　　　　號碼牌
se.i.ri.ke.n.

せいりけんはっけんき
整理券発券機　　　號碼牌取票機
se.i.ri.ke.n.ha.kke.n.ki.

まえの
前乗り　　　前門上車
ma.e.no.ri.

まえお
前降り　　　前門下車
ma.e.o.ri.

けいゆち
経由地　　　行經地點
ke.i.yu.chi.

きんいつくかん
均一区間　　　同一票價區間
ki.n.i.tsu.ku.ka.n.

うんちんばこ
運賃箱　　　投錢箱
u.n.chi.n.ba.ko.

計程車

單字

タクシーのりば　　計程車上車處
a.ku.shi.i.no.ri.ba.

～まで　　到～
ma.de.

タクシー料金^{りょうきん}　　計程車車資
ta.ku.shi.i./ryo.u.ki.n.

貸切^{かしきり}　　包車
ka.shi./ki.ri.

初乗運賃^{はつのりうんちん}　　起跳金額
ha.tsu.no.ri./u.n.chi.n.

加算運賃^{かさんうんちん}　　續跳金額
ka.sa.n./u.n.chi.n.

タクシーメーター　　計程車里程表
ta.ku.shi.i./me.e.ta.a.

空車^{くうしゃ}　　空車
ku.u.sha.

割増／深夜割増^{わりまし　しんやわりまし}　　加成／夜間加成
wa.ri.ma.shi./shi.n.ya.wa.ri.ma.shi.

降^おろしてください　　讓我下車
o.ro.shi.te./ku.da.sa.i.

船

単字

ジェットボート　　噴射艇
je.tto.bo.o.to.

ゆうらんせん
遊覧船　　観光船
yu.u.ra.n.se.n.

ヨット　　遊艇／帆船
yo.tto.

とせん
渡船　　渡船
to.se.n.

フェリー　　渡輪
fe.ri.i.

ふとう　　碼頭
fu.to.u.

にゅうこう
入港　　靠岸
nyu.u.ko.u.

せんしつ
船室　　船艙
se.n.shi.tsu.

かんぱん
甲板　　上層甲板
ka.n.pa.n.

すいじょう
水上タクシー　　水上計程車
su.i.jo.u./ta.ku.shi.i.

其他交通工具

單字

ケーブルカー　　電纜車
ke.e.bu.ru.ka.a.

ロープウェイ　　空中索道
ro.o.pu.we.i.

トロッコ列車^{れっしゃ}　　簡易鐵道
to.ro.kko./re.ssha.

観光^{かんこう}バス　　觀光巴士
ka.n.ko.u.ba.su.

人力車^{じんりきしゃ}　　人力車
ji.n.ri.ki.sha.

ヘリコプター／ヘリ　　直昇機
he.ri.ko.pu.ta.a./he.ri.

ジェット機^き　　噴射機
je.tto.ki.

ベビーカー　　嬰兒車
be.bi.i.ka.a.

馬車^{ばしゃ}　　馬車
ba.sha.

ソリ　　雪橇
so.ri.

步行及腳踏車

單字

おうだんほどう
横断歩道　　　行人穿越道
o.u.da.n.ho.do.u.

ほこうしゃてんごく
歩行者天国　　　行人專用區
ho.ko.u.sha.te.n.go.ku.

ほこうしゃせんよう
歩行者専用　　　行人專用
ho.ko.u.sha./se.n.yo.u.

つうがくろ
通学路　　　學童上學路線
tsu.u.ga.ku.ro.

じてんしゃつうこうどめ
自転車通行止め　　　禁行自行車
ji.te.n.sha./tsu.u.ko.u.do.me.

ママチャリ　　　主婦騎的腳踏車
ma.ma.cha.ri.

さんりんしゃ
三輪車　　　三輪腳踏車
sa.n.ri.n.sha.

マウンテンバイク　　　越野車
ma.u.n.te.n./ba.i.ku.

ロードバイク　　　公路自行車
ro.o.do./ba.i.ku.

サイクリング　　　車隊旅行／騎車出遊
sa.i.ku.ri.n.gu.

開車騎車

單字

ドライブ　　兜風
do.ra.bu.

ツーリング　　機車旅行／騎機車出遊
tsu.u.ri.n.gu.

免許／国際免許　　駕照／國際駕照
me.n.kyo./ko.ku.sa.i.me.n.kyo.

トランク　　行李箱
to.ra.ku.

タイヤ／スペアタイヤ　　輪胎／備胎
ta.i.ya./su.pe.a.ta.i.ya.

ハンドル　　方向盤
ha.n.do.ru.

アクセル　　油門
a.ku.se.ru.

ブレーキ　　剎車
bu.re.e.ki.

サイドブレーキ　　手剎車
sa.i.do.bu.re.e.ki.

満タン　　加滿油
ma.n.ta.n.

交通狀況

單字

こうつうじょうほう
交通情報　　交通資訊
ko.u.tsu.u./jo.u.ho.u.

じゅうたい
渋滞　　塞車
ju.u.ta.i.

じ こ
事故　　意外／交通事故
ji.ko.

じんしんじ こ
人身事故　　人員掉落鐵軌的意外
ji.n.shi.n.ji.ko.

みだ
ダイヤの乱れ　　（誤點等）未如時刻表運行
da.i.ya.no./mi.da.re.

ひ こう き うんこうじょうほう
飛行機運行情報　　航空交通資訊
hi.ko.u.ki./u.n.ko.u.jo.u.ho.u.

うんきゅう
運休　　停駛
u.n.kyu.u.

おく
遅れ　　誤點
o.ku.re.

けっこう
欠航　　停飛
ke.kko.u.

どうろきせい
道路規制　　道路管制
do.u.ro.ki.se.i.

交通號誌設施

單字

インターチェンジ　　　交流道
i.n.ta.a.che.n.ji.

サービスエリア　　　休息站
sa.a.bi.su./e.ri.a.

こうさてん
交差点　　　路口
ko.u.sa.te.n.

しんごう
信号　　紅錄燈
shi.n.go.u.

こうじちゅう
工事中　　　道路施工
ko.u.ji.chu.u.

つうこうど
通行止め　　　禁止通行
tsu.u.ko.u.do.me.

てんかいきんし
転回禁止　　　禁止迴車
te.n.ka.i.ki.n.shi.

いっぽうつうこう
一方通行　　　單行道
i.ppo.u.tsu.u.ko.u.

じょこう
徐行　　慢行
jo.ko.u.

と
止まれ　　　停
to.ma.re.

道路

單字

こうそくどうろ
高速道路　　高速公路
ko.u.so.ku./do.u.ro.

ゆうりょうどうろ
有料道路　　付費道路
yu.u.ryo.u./do.u.ro.

こくどう
国道　　國道
ko.ku.do.u.

いっぱんじどうしゃどう
一般自動車道　　一般車道
i.ppa.n./ji.do.u.sha.do.u.

せんようじどうしゃどう
専用自動車道　　專用車道
se.n.yo.u./ji.do.u.sha.do.u.

じてんしゃせんようどうろ
自転車専用道路　　自行車專用道
ji.te.n.sha./se.n.yo.u.do.u.ro.

でんしりょうきんしゅうじゅ
ETC ／電子料金収受システム

ETC ／電子收費系統
i.ti.shi./de.n.shi.ryo.u.ki.n.shu.u.ju.shi.su.te.mu.

りょうきんじょ
料金所　　收費站
ryo.u.ki.n.jo.

つうこうりょうきん
通行料金　　通行費
tsu.u.ko.u./ryo.u.ki.n.

つうこうけん
通行券　　通行券（進入付費道路時取券）
tsu.u.ko.u.ke.n.

地図

單字

地図 地圖
ち ず
chi.zu.

描く 畫（地圖）
か
ka.ku.

観光案内 観光簡介
かんこうあんない
ka.n.ko.u./a.n.na.i.

ガイドブック 旅遊書
ga.i.do./bu.kku.

観光マップ 観光地圖
かんこう
ka.n.ko.u./ma.ppu.

距離 距離
きょり
kyo.ri.

位置 位置
い ち
i.chi.

方向 方向
ほうこう
ho.u.ko.u.

地形 地形
ちけい
chi.ke.i.

地名 地名
ちめい
chi.me.i.

住宿篇

飯店類型

單字

宿　　旅館
ya.do.

ホテル　　飯店
ho.te.ru.

民宿　　民宿
mi.n.shu.ku.

旅館　　旅館
ryo.ka.n.

ビジネスホテル　　商務飯店
bi.ji.ne.su./ho.te.ru.

カプセルホテル　　膠囊旅館
ka.pu.se.ru./ho.te.ru.

ウィークリーマンション　　週租公寓
wi.i.ku.ri.i./ma.n.sho.n.

リゾートホテル　　渡假飯店
ri.zo.o.to./ho.te.ru.

ヴィラ　　渡假別墅
bi.ra.

ユースホステル　　青年旅館
yu.u.su./ho.su.te.ru.

預約

單字

予約 預約
yo.ya.ku.

キャンセル 取消
kya.n.se.ru.

確認 確認
ka.ku.ni.n.

変更 變更
he.n.ko.u.

名前 名字
na.ma.e.

連絡先 連絡處
re.n.ra.ku.sa.ki.

電話番号 電話
de.n.wa.ba.n.go.u.

到着時間 到達時間
to.u.cha.ku.ji.ka.n.

追加 追加
tsu.i.ka.

キャンセル料金 取消的手續費
kya.n.se.ru./ryo.u.ki.n.

房型

單字

喫煙ルーム　　吸菸房
ki.tsu.e.n./ru.u.mu.

禁煙ルーム　　禁菸房
ki.n.e.n./ru.u.mu.

シングルルーム　　單人房
shi.n.gu.ru./ru.u.mu.

ツインルーム　　雙人房（兩床）
tsu.i.n./ru.u.mu.

ダブルルーム　　雙人房（一張大床）
da.bu.ru./ru.u.mu.

キングベッドルーム

　　　　雙人房（一張 kingsize 大床）
ki.n.gu.be.ddo./ru.u.mu.

トリプルルーム　　三人房
to.ri.bu.ru./ru.u.mu.

フォースルーム　　四人房
fo.o.su./ru.u.mu.

スイートルーム　　蜜月套房
su.i.i.to.ru.u.mu.

エキストラベッド　　（加床時的）行軍床
e.ki.su.to.ra./be.ddo.

住宿天數

單字

しゅくはく
宿泊　　住宿
shu.ku.ha.ku.

たいざいにっすう
滞在日数　　停留天數
ta.i.za.i.ni.ssu.u.

しゅくはくび
宿泊日　　入住日
shu.ku.ha.ku.bi.

いっぱく
一泊　　一晚
i.ppa.ku.

にはく
二泊　　兩晚
ni.ha.ku.

さんぱく
三泊　　三晚
sa.n.pa.ku.

いっぱくふつか
一泊二日　　兩天一夜
i.ppa.ku./fu.tsu.ka.

にはくみっか
二泊三日　　三天兩夜
ni.ha.ku./mi.kka.

さんぱくよっか
三泊四日　　四天三夜
sa.n.pa.ku./yo.kka.

デイユース　　休息（白天利用、不過夜）
de.i.yu.u.su.

入住、退房

單字

チェックイン 　　辦理住宿
che.kku.i.n.

チェックアウト 　　退房
che.kku.a.u.to.

サイン 　簽名
sa.i.n.

ちょうしょくけん
朝 食 券 　早餐券
cho.u.sho.ku.ke.n.

りょうしゅうしょ
領 収 書 　收據
ryo.u.shu.u.sho.

わりびきけん
割引券 　折扣券
wa.ri.bi.ki.ke.n.

めいさいしょ
明細書 　明細
me.i.sa.i.sho.

かいいんしょう
会 員 証 　會員卡
ka.i.i.n.sho.u.

かいいんわりびき
会 員 割 引 　會員折扣
ka.i.i.n./wa.ri.bi.ki.

カードキー 　房卡
ka.a.do.ki.i.

寄物

單字

手荷物のお預け　　寄放手提行李
te.ni.mo.tsu.no./o.a.zu.ke.

貴重品　　貴重物品
ki.cho.u.hi.n.

スーツケース　　行李箱
su.u.tsu.ke.e.su.

手荷物　　手提行李
te.ni.mo.tsu.

引換証　　領取物品時用的牌子
hi.ki.ka.e.sho.u.

金庫　　保險箱
ki.n.ko.

暗証番号　　密碼
a.n.sho.u.ba.n.go.u.

預かり　　保管
a.zu.ka.ri.

荷物お預かりサービス　　行李保管服務
ni.mo.tsu./o.a.zu.ka.ri./sa.a.bi.su.

客房設備

單字

部屋　房間
he.ya.

ドア　門
do.a.

窓　窗戶
ma.do.

お手洗い／トイレ　廁所
o.te.a.ra.i./to.i.re.

お風呂　有浴缸的浴室／浴缸
o.fu.ro.

バルコニー／ベランダ　陽台
ba.ru.ko.ni.i./be.ra.n.da.

床　地板
yu.ka.

電気　電燈
de.n.ki.

ベッド　床
be.ddo.

LAN 接続／無線 LAN　網路連接／無線網路
ra.n.se.tsu.zo.ku./mu.se.n.ra.n.

客房物品

單字

でんわ
電話　　　電話
de.n.wa.

もうふ
毛布　　　毛毯
mo.u.fu.

まくら
枕　　　枕頭
ma.ku.ra.

ふとん
布団　　　棉被
fu.to.n.

スリッパ　　　拖鞋
su.ri.ppa.

シーツ　　　床單
shi.i.tsu.

つくえ
机　　　桌子
tsu.ku.e.

いす
椅子　　　椅子
i.su.

スイッチ　　　（電源等）開關
su.i.cchi.

にもつ
荷物スタンド　　　行李架
ni.mo.tsu./su.ta.n.do.

客房內電器

單字

テレビ　　　電視
te.re.bi.

れいぞうこ
冷蔵庫　　　冰箱
re.i.zo.u.ko.

だんぼう
暖房　　　暖氣
da.n.bo.u.

エアコン　　　空調
e.a.ko.n.

ドライヤー　　　吹風機
do.ra.i.ya.a.

かしつき
加湿器　　　加濕器
ka.shi.tsu.ki.

かしつきつ
加湿器付きサーバー　　　附加濕器的煮水器
ka.shi.tsu.ki./tsu.ki./sa.a.ba.a.

でんき
電気ケトル　　　快煮壺
de.n.ki./ke.to.ru.

でんき
電気ポット　　　電子熱水壺
de.n.ki.po.tto.

フロアスタンドライト／フロアランプ　立燈
fu.ro.a.su.ta.n.do.ra.i.to./fu.ro.a.ra.n.pu.

浴室內設備

單字

シャワー　　　淋浴／蓮蓬頭
sha.wa.a.

バスタブ　　　浴缸
ba.su.ta.bu.

タオル　　　毛巾
ta.o.ru.

ハンガー　　　衣架
ha.n.ga.a.

歯ブラシ　　　牙刷
は
ha.bu.ra.sh.

歯磨き　　　牙膏
はみが
ha.mi.ga.ki.

ユニットバス　　　簡便衛浴設施
yu.ni.tto.ba.su.

ウォシュレット　　　免治馬桶
wo.shu.re.tto.

バスローブ　　　浴袍
ba.su.ro.o.pu.

綿棒　　棉花棒
めんぼう
me.n.bo.u.

和式客房

單字

和室
wa.shi.tsu.
和室房間

浴衣
yu.ka.ta.
日式浴衣

縁側
e.n.ga.wa.
門廊

たたみ
ta.ta.mi.
榻榻米

押入れ
o.shi.i.re.
嵌於牆壁內的櫥櫃

障子
sho.u.ji.
日式拉門（靠外側的）

ふすま
fu.su.ma.
日式拉門（室內的）

座卓
za.ta.ku.
和式桌

座布団
za.bu.to.n.
和式坐墊

座椅子
za.i.su.
和式椅

客房服務

單字

客室サービス　　客房服務
きゃくしつ
kya.ku.shi.tsu./sa.a.bi.su.

ルームサービス　　客房送餐服務
ru.u.mu.sa.a.bi.su.

ランドリーサービス　　送洗服務
ra.n.do.ri.i.sa.a.bi.su.

ルームサービスメニュー　　送餐服務菜單
ru.u.mu./sa.a.bi.su./me.nyu.u.

マッサージ　　按摩
ma.ssa.a.ji.

ミニバー　　簡易吧檯
mi.ni.ba.a.

ペイチャンネル　　付費頻道
pe.i.cha.n.ne.ru.

時間帯　　時間帯
じかんたい
ji.ka.n.ta.i.

サービス料　　服務費
りょう
sa.a.bi.su.ryo.u.

飯店設施

單字

自動販売機／自販機 販賣機
じどうはんばいき／じはんき
ji.do.u.ha.n.ba.i.ki./ji.ha.n.ki.

レストラン 餐廳
re.su.to.ra.n.

プール 游泳池
pu.u.ru.

ジム 健身中心
ji.mu.

バー 酒吧
ba.a.

浴場 澡堂
よくじょう
yo.ku.jo.u.

売店 商店
ばいてん
ba.i.te.n.

コインランドリー 投幣式洗衣機
ko.i.n.ra.n.do.ri.i.

バリアフリー 無障礙空間
ba.ri.a.fu.ri.i.

エステティックサロン 美容沙龍
e.su.te.ti.kku./sa.ro.n.

電話郵件

單字

レターセット　　信紙組
re.ta.a./se.tto.

付箋　便條紙
fu.se.n.

郵便物　　郵件
yu.u.bi.n.bu.tsu.

手紙　　信
te.ga.mi.

ハガキ　　明信片
ha.ga.ki.

絵葉書　　有圖案的明信片
e.ha.ga.ki.

切手　　郵票
ki.tte.

出す　　寄出（郵件）
da.su.

ボールペン　　原子筆
bo.o.ru.pe.n.

ファックス　　傳真
fa.kku.su.

抱怨客訴

單字

でんき
電気がつかない　　燈不亮
de.n.ki.ga./tsu.ka.na.i.

だんぼう　こしょう
暖房が故障している　　暖氣壞了
da.n.bo.u.ga./ko.sho.u./shi.te.i.ru.

でんきゅう　き
電球が切れた　　燈泡壞了
de.n.kyu.u.ga./ki.re.ta.

ゆ　で
お湯が出ない　　沒熱水
o.yu.ga./de.na.i.

ゆ
お湯がぬるい　　熱水不熱
o.yu.ga./nu.ru.i.

シャンプーがない　　沒洗髮精
sha.n.pu.u./ga.na.i.

みず　なが
トイレの水が流れない　　馬桶不能沖
to.i.re.no./mi.zu.ga./na.ga.re.na.i.

つ
トイレが詰まっちゃった　　馬桶堵住了
to.i.re.ga./tsu.ma.ccha.tta.

よご
シーツが汚れている　　床單很髒
shi.i.tsu.ga./yo.go.re.te./i.ru.

となり　へ　や
隣の部屋がうるさい　　隔壁房間很吵
to.na.ri.no./he.ya.ga./u.ru.sa.i.

禁菸

單字

きんえん
禁煙　　　禁菸
ki.n.e.n.

きつえんしゃ
喫煙者　　　吸菸者
ki.tsu.e.n.sha.

タバコ　　　菸
ta.ba.ko.

タスポ　　　taspo（能購買菸品的電子卡）
ta.su.po.

ある　　　　　ろじょうきつえん
歩きタバコ／路上喫煙　　　邊走邊抽菸
a.ru.ki.ta.ba.ko./ro.jo.u.ki.tsu.e.n.

きつえんしつ　きつえん
喫煙室／喫煙ルーム　　　吸菸室
ki.tsu.e.n.shi.tsu./ki.tsu.e.n.ru.u.mu.

きつえんせき
喫煙席　　　吸菸席
ki.tsu.e.n.se.ki.

きんえんせき
禁煙席　　　禁菸席
ki.n.e.n.se.ki.

ぶんえん
分煙　　　分菸制（將抽菸席和禁菸席分開）
bu.n.e.n.

はいざら
灰皿　　　菸灰缸
ha.i.za.ra.

飯店工作人員

單字

フロント　　　櫃台
fu.ro.n.to.

インフォーメーション　　　詢問處
i.n.fo.o.me.e.sho.n.

ホテルマン　　　飯店從業人員
ho.te.ru.ma.n.

スタッフ／従業員　　　工作人員
su.ta.ffu./ju.u.gyo.u.i.n.

ホールスタッフ　　　大廳工作人員
ho.o.ru./su.ta.ffu.

ウェイター　　　（餐飲部門）服務生
we.i.ta.a.

客室係　　　客房部人員
kya.ku.shi.tsu.ga.ka.ri.

支配人　　　經理
shi.ha.i.ni.n.

ベルパーソン　　　負責引導的服務員
be.ru.pa.a.so.n.

ドアマン　　　負責開門的服務員
do.a.ma.n.

コンシェルジュ　　　解決各種詢問的服務專員
ko.n.je.ru.ju.

飲食篇

常見餐廳類型

單字

レストラン　　　餐廳（統稱）
re.su.to.ra.n.

スナックバー　　（有卡拉OK的）小酒館
su.na.kku.ba.a.

バイキング　　　吃到飽的餐廳
ba.i.ki.n.gu.

ファミレス　　　適合全家去的餐廳
fa.mi.re.su.

しょくどうしゃ
食堂車　　　火車上的餐車
sho.ku.do.u.sha.

べんとうや
弁当屋　　便當店
be.n.to.u.ya.

フードコーナー　　（商場裡的）美食區
fu.u.do./ko.o.na.a.

やたい
屋台　　　攤販
ya.ta.i.

そうざいや
惣菜屋　　熟食店
so.u.za.i.ya.

デリバリー　　　外送
de.ri.ba.ri.i.

常見餐廳類型—日式

單字

りょうてい
料亭　　　餐廳
ryo.u.te.i.

しょくどう
食堂　　　平價餐廳
sho.ku.do.u.

す　し　や
寿司屋　　壽司店
su.shi.ya.

た　　ぐ
立ち食い　　站著吃的店
ta.chi.gu.i.

い　ざ　か　や
居酒屋　　居酒屋
i.za.ka.ya.

ていしょくや
定食屋　　定食店
te.i.sho.ku.ya.

ラーメン屋　　拉麵店
ra.a.me.n.

そ　ば　や
蕎麦屋　　蕎麥麵店
su.ba.ya.

うどん屋　　烏龍麵店
u.do.n.ya.

や　とりや
焼き鳥屋　　烤雞肉串店
ya.ki.to.ri.ya.

常見餐廳類型─異國

單字

外国料理 (がいこくりょうり)
異國料理
ga.i.ko.ku.ryo.u.ri.

中華料理 (ちゅうかりょうり)
中華料理
chu.u.ka.ryo.u.ri.

イタリア料理 (りょうり)
義大利菜
i.ta.ri.a.ryo.u.ri.

台湾料理 (たいわんりょうり)
台灣菜
ta.i.wa.n.ryo.u.ri.

タイ料理 (りょうり)
泰國菜
ta.i.ryo.u.ri.

ベトナム料理 (りょうり)
越南菜
be.to.na.mu.ryo.u.ri.

フランス料理 (りょうり)
法國菜
fu.ra.n.su.ryo.u.ri.

ドイツ料理 (りょうり)
德國菜
do.i.tsu.ryo.u.ri.

メキシコ料理 (りょうり)
墨西哥菜
me.ki.shi.ko.ryo.u.ri.

インド料理 (りょうり)
印度菜
i.n.do.ryo.u.ri.

速食店、咖啡廳

單字

カフェ　　　咖啡廳
ka.fe.

喫茶店　　　（傳統的、較老式的）咖啡廳
ki.ssa.te.n.

コーヒーショップ　　　咖啡專賣店
ko.o.hi.i./sho.ppu.

ジューススタンド　　　果汁吧
ju.u.su./su.ta.n.do.

ケーキ屋　　　蛋糕店
ke.e.ki.ya.

パン屋　　　麵包店
pa.n.ya.

ファーストフード店　　　速食店
fa.a.su.to.fu.u.do.te.n.

ドライブスルー　　　得來速
do.ra.i.bu./su.ru.u.

ドライブイン　　　附大停車場的餐廳
do.ra.i.bu./i.n.

牛丼屋　　　牛丼店
gyu.u.do.n.ya.

常見速食店

單字

ケンタッキー　　　肯德基
ke.n.ta.kki.i.

サブウェイ　　　SUBWAY 潛艇堡
sa.bu.we.i.

バーガーキング　　　漢堡王
ba.a.ga.a./ki.n.gu.

マクドナルド　　　麥當勞
ma.ku.do.na.ru.do.

モスバーガー　　　摩斯漢堡
mo.su./ba.a.ga.a.

ロッテリア　　　儂特利
ro.tte.ri.a.

ファーストキッチン

FIRSTKITCHEN 速食店
fa.a.su.to./ki.cchi.n.

吉野家　　　吉野家牛丼店
yo.shi.no.ya.

すき家　　　SUKIYA 牛丼店
su.ki.ya.

常見咖啡廳

單字

銀座ルノアール　　銀座 RENOIR 咖啡廳
gi.n.za./ru.no.a.a.ru.

ドトールコーヒー　　羅多倫咖啡
do.to.o.ru./ko.o.hi.i.

タリーズコーヒー　　TULLY'SCOFFEE
ta.ri.i.zu./ko.o.hi.i.

スターバックス　　星巴克
su.ta.a.ba.kku.su.

上島珈琲店　　上島咖啡店
u.e.shi.ma./ko.o.hi.i.te.n.

ベックスコーヒー　　BECK'SCOFFEE
be.kku.su./ko.o.hi.i.

カフェ・ベローチェ　　CAFÉVELOCE
ka.fe./be.ro.o.che.

珈琲館　　KO:HI:KAN 咖啡館
ko.o.hi.i.ka.n.

コメダ珈琲店　　KOMEDA 咖啡廳
ko.me.da./ko.o.hi.i.te.n.

プロント　　PRONTO 咖啡店
pu.ro.n.to.

餐廳預約

單字

予約　　　預訂
yo.ya.ku.

満席　　　客滿
ma.n.se.ki.

予約がいっぱい　　　預約都滿了
yo.ya.ku.ga.i.ppa.i.

窓際の席　　　靠窗的位子
ma.do.gi.wa.no./se.ki.

壁際の席　　　靠牆的位子
ka.be.gi.wa.no./se.ki.

テーブル席　　　獨立座位
te.e.bu.ru./se.ki.

カウンター席　　　吧台的位子
ka.u.n.ta.a./se.ki.

個室　　　包廂
ko.shi.tsu.

子ども椅子　　　兒童椅
ko.do.mo./i.su.

座敷席　　　和室座位
za.shi.ki.se.ki.

菜單

單字

メニュー　　　　菜單
me.nu.u.

献立　　　　(正式的餐廳) 菜單
ko.n.da.te.

品書き　　　　(日式餐廳) 菜單
shi.na.ga.ki.

食券　　　餐券
sho.kke.n.

食べ放題　　　吃到飽
ta.be.ho.u.da.i.

中国語のメニュー　　　中文菜單
chu.u.go.ku.go.no./me.nyu.u.

ワインリスト　　　酒單
wa.i.n.ri.su.to.

デザートメニュー　　　甜點菜單
de.za.a.to./me.nyu.u.

テイクアウトメニュー　　　外帶菜單
te.i.ku.a.u.to./me.nyu.u.

ランチメニュー　　　午餐菜單
ra.n.chi./me.nyu.u.

點餐

單字

注文 點菜
ちゅうもん
chu.u.mo.n.

～ください　　請給我～
ku.da.sa.i.

看板料理　　招牌菜
かんばんりょうり
ka.n.ba.n.ryo.u.ri.

日変わり定食　　今日特餐
ひ が　　ていしょく
hi.ga.wa.ri.te.i.sho.ku.

お勧め料理　　主廚特餐
すす　りょうり
o.su.su.me.ryo.u.ri.

同じ　　一樣的
おな
o.na.ji.

コース　　全餐
ko.o.su.

セット　　套餐
se.tto.

二人前　　兩人份
ににんまえ
ni.ni.n.ma.e.

量　　份量
りょう
ryo.u.

點飲料

単字

飲み物　　　飲料
no.mi.mo.no.

氷抜き　　　去冰
ko.o.ri.nu.ki.

暖かい飲み物　　熱飲
a.ta.ta.ka.i./no.mi.mo.no.

アイス　　冰的
a.i.su.

ホット　　熱的
ho.tto.

食後　　餐後
sho.ku.go.

食前　　餐前
sho.ku.ze.n.

お冷　　冰水
o.hi.ya.

お湯　　熱水
o.yu.

お水　　水
o.mi.zu.

點甜點

單字

デザート　　甜點
de.za.a.to.

甘味<ruby>甘味<rt>かんみ</rt></ruby>　　日式甜點
ka.n.mi.

<ruby>甘<rt>あま</rt></ruby>いもの　　甜食
a.ma.i.mo.no.

くだもの　　水果
ku.da.mo.no.

アイスクリーム　　冰淇淋
a.i.su.ku.ri.i.mu.

お<ruby>茶<rt>ちゃ</rt></ruby>うけ　　茶點
o.cha.u.ke.

おやつ　　零食
o.ya.tsu.

スイーツ　　甜點
su.i.i.tsu.

デザート<ruby>付<rt>つ</rt></ruby>き　　附甜點
de.za.a.to./tsu.ki.

プラス～<ruby>円<rt>えん</rt></ruby>　　補～差額
pu.ra.su./e.n.

餐具

單字

食器 （しょっき）　餐具
sho.kki.

フォーク　餐叉
fo.o.ku.

箸 （はし）　筷子
ha.shi.

割り箸 （わ・ばし）　免洗筷
wa.ri.ba.shi.

箸置き （はし・お）　筷架
ha.shi.o.ki.

スプーン／さじ　湯匙
su.pu.u.n./sa.ji.

ナイフ　刀子
na.i.fu.

お皿 （さら）　盤子
o.sa.ra.

お椀 （わん）　碗
o.wa.n.

ストロー　吸管
su.to.ro.o.

特殊需求

單字

ベジタリアン　　　素食者
be.ji.ta.ri.a.n.

おかわり　　　續杯／再一碗
o.ka.wa.ri.

持ち帰り　　　外帶
mo.chi.ka.e.ri.

ここで食べる　　　內用
ko.ko.de.ta.be.ru.

ウェルダン／よく焼く　　　全熟
we.ru.da.n./yo.ku.ya.ku.

ミディアム　　　五分熟
mi.di.a.mu.

レア　　　偏生的
re.a.

にんにく抜き　　　不加蒜
ni.n.ni.ku./nu.ki.

塩を控えめにして　　　不要太鹹
shi.o.o./hi.ka.e.me.ni./shi.te.

辛めにして　　　要辣一點
ka.ra.me.ni./shi.te.

好吃

単字

おいしい　　美味極了
o.i.shi.i.

うまい　　好吃
u.ma.i.

激うま　　超好吃
ge.ki.u.ma.

悪くない　　味道不錯
wa.ru.ku.na.i.

美味　　美味的
bi.mi.

いい匂い　　很香
i.i.ni.o.i.

おいしそう　　看起來很好吃
o.i.shi.so.u.

最高　　最棒
sa.i.ko.u.

食べたい　　想吃
ta.be.ta.i.

極上　　極品
go.ku.jo.u.

不好吃

單字

おいしくない　　　不好吃
o.i.shi.ku.na.i.

まずい　　難吃
ma.zu.i.

気持ち悪い　　　好噁心
ki.mo.chi.wa.ru.i.

まあまあ　　還好
ma.a.ma.a.

変な味　　奇怪的味道
he.n.na.a.ji.

食べたくない　　　不想吃
ta.be.ta.ku.na.i.

味が薄い　　　味道太淡
a.ji.ga.u.su.i.

味がない　　　沒什麼味道
a.ji.ga.na.i.

生臭い　　有腥味
na.ma.gu.sa.i.

口感

單字

もちもち　　彈牙有嚼勁的
mo.chi.mo.chi.

ぱりぱり　　酥脆的
pa.ri.pa.ri.

さくさく　　鬆脆的
sa.ku.sa.ku.

柔らかい　　很嫩的
ya.wa.ra.ka.i.

ふわふわ　　鬆軟的
fu.wa.fu.wa.

のうこう　　濃郁的
no.u.ko.u.

とろとろ　　黏糊糊的
to.ro.to.ro.

硬い　　　硬的
ka.ta.i.

ジューシー　　多汁的
ju.u.shi.i.

ぷりぷり　　有彈性
pu.ri.pu.ri.

形容味道

單字

いい香り　　　很香
i.i./ka.o.ri.

芳醇　　香醇
ho.u.ju.n.

こってり　　　很濃
ko.tte.ri.

ごてごて　　　濃郁、重口味
go.te.go.te

臭い　　很臭
ku.sa.i.

濃厚　　濃厚
no.u.ko.u.

ギュッと詰まった　　　濃縮
gyu.tto./tsu.ma.tta.

あぶらっぽい　　　油膩的
a.bu.ra.ppo.i.

甘い匂い　　　甜甜的味道
a.ma.i./ni.o.i.

腐った　　腐壞了
ku.sa.tta.

酸、甜

（單字）

甘い　　　甜
あま
a.ma.i.

激甘　　　超甜
げきあま
ge.ki.a.ma.

甘ったるい　　　超甜
あま
a.ma.tta.ru.i.

ほろ甘い　　　微甜
あま
ho.ro.a.ma.i.

甘味　　　甜味
あまみ
a.ma.mi.

上品な甘さ　　　高尚的甜味
じょうひん　あま
jo.u.hi.n.na./a.ma.sa.

甘すぎない　　　不會過甜
あま
a.ma.su.gi.na.i.

酸味　　　酸
さんみ
sa.n.mi.

すっぱい　　　很酸
su.ppa.i.

甘ずっぱい　　　酸酸甜甜
あま
a.ma.zu.ppa.i.

苦、辣

單字

にが
苦い　　苦
ni.ga.i.

ビター　　苦的
bi.ta.ta.

ほろ苦い　　微苦
ho.ro.ni.ga.i.

にが
苦み　　苦味
ni.ga.mi.

しぶ
渋い　　澀的
shi.bu.i.

から
辛い　　辣
ka.ra.i.

から
ピリ辛　　微辣
pi.ri.ka.ra.

げきから
激辛　　超辣
ge.ki.ka.ra.

からくち
辛口　　辣味的
ka.ra.ku.chi.

あまくち
甘口　　不辣的
a.ma.ku.chi.

鹹、淡

單字

しょっぱい　　鹹的
sho.ppa.i.

しおからい　　鹹的
shi.o.ka.ra.i.

さっぱり　　很清爽
sa.ppa.ri.

あっさり　　很清淡
a.ssa.ri.

塩加減　　味道鹹淡程度
しおかげん
shi.o.ka.ge.n.

薄い　　味道很淡
うす
u.su.i.

水っぽい　　像水一樣淡
みず
mi.zu.ppo.i.

入れすぎ　　加太多
い
i.re.su.gi.

とろみ　　勾芡
to.ro.mi.

烹調方式

單字

作り方　　　烹調法
つく かた
tsu.ku.ri.ka.ta.

ゆでる　　　水煮
yu.de.ru.

焼く　　　煎／烤
や
ya.ku.

揚げる　　　炸
あ
a.ge.ru.

いためる　　　炒
i.ta.me.ru.

煮る　　　燉煮
に
ni.ru.

蒸す　　　蒸
む
mu.su.

燻製　　　燻的
くんせい
ku.n.se.i.

漬ける　　　醃漬
つ
tsu.ke.ru.

炊く　　　炊煮
た
ta.ku.

食材處理

單字

まるごと　　整個
ma.ru.go.to.

剥く　　剥／剥皮
mu.ku.

薄切り　　切片
u.su.gi.ru.

つぶす　　搗爛
tsu.bu.su.

擂る　　磨
su.ru.

千切り　　切絲
se.n.gi.ri.

みじん切り　　切碎的
mi.ji.n.gi.ri.

洗う　　洗
a.ra.u.

包む　　包起來
tsu.tsu.mu.

混ぜる　　攪拌
ma.ze.ru.

営養素

單字

栄養　　營養
えいよう
e.i.yo.u.

ビタミン　　維生素
bi.ta.mi.n.

ミネラル　　礦物質
mi.ne.ra.ru.

カリウム　　鉀
ka.ri.u.mu.

ナトリウム　　鈉
na.to.ri.u.mu.

鉄　　鐵
てつ
te.tsu.

カルシウム　　鈣
ka.ru.shi.u.mu.

たんぱく質　　蛋白質
しつ
ta.n.pa.ku.shi.tsu.

食物繊維　　食物纖維
しょくもつせんい
sho.ku.mo.tsu.se.n.i.

ブドウ糖　　葡萄糖
とう
bu.do.u.to.u.

早午晚餐

單字

しょくじ
食事 餐
sho.ku.ji.

はん
ご飯 飯／餐
go.ha.n.

ちょうしょく
朝食 早餐
cho.u.sho.ku.

ちゅうしょく
昼食 午餐
chu.u.sho.ku.

ひる
お昼 午餐
o.hi.ru.

ランチ 午餐
ra.n.ch.

ばんごはん
晩御飯 晚餐
ba.n.go.ha.n.

やしょく
夜食 宵夜
ya.sho.ku.

かんしょく
間食 正餐以外進食
ka.n.sho.ku.

アフターヌーンティー 下午茶
a.fu.ta.a.nu.u.n./ti.i.

米食

單字

しんまい
新米　　　新米
shi.n.ma.i.

げんまい
玄米　　　玄米
ge.n.ma.i.

ごめ
もち米　　糯米
mo.chi.go.me.

ごこくまい
五穀米　　五穀米
go.ko.ku.ma.i.

ごはん　　米飯
go.ha.n.

ライス　　米飯
ra.i.su.

もち　　　麻糬／年糕
mo.chi.

せきはん
赤飯　　　紅豆飯
se.ki.ha.n.

かまめし
釜飯　　　釜飯（用火炊煮的鍋飯）
ka.ma.me.shi.

おむすび　　日式飯糰
o.mu.su.bi.

麺食

單字

麺 (めん) 麺
me.n.

カップラーメン 杯麺
ka.ppu.ra.a.me.n.

インスタントラーメン 速食麺
i.n.su.ta.n.to./ra.a.me.n.

春雨 (はるさめ) 冬粉
ha.ru.sa.me.

パスタ 義大利麺
pa.su.ta.

ビーフン 米粉
bi.i.fu.n.

そうめん 日式麺線
so.u.me.n.

冷麺 (れいめん) 冷麺
re.i.me.n.

中華麺 (ちゅうかめん) 中華麺
chu.u.ka.me.n.

焼きそば (やきそば) 日式炒麺
ya.ki.so.ba.

拉麺種類

單字

ラーメン　　　拉麺
ra.a.me.n.

塩ラーメン　　　鹽味拉麺
shi.o./ra.a.me.n.

みそラーメン　　　味噌拉麺
mi.so./ra.a.me.n.

醤油ラーメン　　　醬油拉麺
sho.u.yu./ra.a.me.n.

豚骨ラーメン　　　豚骨拉麺
to.n.ko.tsu./ra.a.me.n.

つけ麺　　　沾麺
tsu.ke.me.n.

冷し中華　　　中華涼麺
hi.ya.shi.chu.u.ka.

味玉　　　滷蛋
a.ji.ta.ma.

チャーシュー　　　叉燒
cha.a.shu.u.

メンマ　　　筍干
me.n.ma.

烏龍麵、蕎麥麵種類

單字

うどん　　　　烏龍麵
u.do.n.

蕎麦　　　蕎麥麵
so.ba.

ざるうどん　　　烏龍冷麵（沾醬吃）
za.ru./u.do.n.

かけうどん　　　烏龍湯麵
ka.ke./u.do.n.

きつねうどん　　　豆皮烏龍麵
ki.tsu.ne./u.do.n.

天ぷらうどん　　　天婦羅烏龍麵
te.n.pu.ra./u.do.n.

月見うどん　　　月見烏龍麵（加蛋）
tsu.ki.mi./u.do.n.

とろろそば　　　山藥泥蕎麥麵
to.ro.ro./so.ba.

つけ蕎麦　　　蕎麥沾麵
tsu.ke./so.ba.

かけ蕎麦　　　蕎麥湯麵
ka.ke./so.ba.

麵店點餐

單字

大盛り　　大碗
o.o.mo.ri.

小盛り　　小碗
ko.mo.ri.

並盛り　　份量正常
na.mi.mo.ri.

替え玉　　加麵
ka.e.da.ma.

薄味　　清淡湯頭
u.su.a.ji.

濃い味　　濃厚湯頭
ko.i.a.ji.

こってり度　　湯頭濃度
ko.tte.ri.do.

麵の硬さ　　麵的硬度
me.n.no./ka.ta.sa.

やわらかめ　　（麵）軟一點
ya.wa.ra.ka.me.

かため　　（麵）硬一點
ka.ta.me.

麺包類

單字

パン　　　麺包
pa.n.

食パン　　　土司
sho.ku.pa.n.

菓子パン　　甜麺包
ka.shi.pa.n.

サンドイッチ　　三明治
sa.n.do.i.cchi.

あんパン　　紅豆麺包
a.n.pa.n.

クリームパン　　奶油麺包
ku.ri.i.mu.pa.n.

メロンパン　　菠蘿麺包
me.ro.n.pa.n.

惣菜パン　　鹹麺包
so.u.za.i.pa.n.

クロワッサン　　可頌
ku.ro.wa.ssa.n.

フランスパン　　法國麺包
fu.ra.n.su.pa.n.

肉類

單字

ぶたにく
豚肉　　　豬肉
bu.ta.ni.ku.

とりにく
鶏肉　　　雞肉
to.ri.ni.ku.

にく
かも肉　　　鴨肉
ka.mo.ni.ku.

ラム　　　羊肉
ra.mu.

ビーフ　　　牛肉
bi.i.fu.

ぎゅうにく
牛肉　　　牛肉
gyu.u.ni.ku.

ばにく
馬肉　　　馬肉
ba.ni.ku.

ないぞう
内臓　　　內臟
na.i.zo.u.

ぎゅう
牛タン　　　牛舌
gyu.u.ta.n.

ホルモン　　　內臟
ho.ru.mo.n.

肉食

單字

焼肉　　　烤肉
やきにく
ya.ki.ni.ku.

ステーキ　　牛排
su.te.e.ki.

ハンバーグ　　漢堡排
ha.n.ba.a.gu.

唐揚げ　　炸雞
からあ
ka.ra.a.ge.

トンカツ　　豬排
do.n.ka.tsu.

ベーコン　　培根
be.e.ko.n.

ソーセージ　　德式香腸
so.o.se.e.ji.

肉まん　　肉包子
にく
ni.ku.ma.n.

豚の生姜焼き　　薑燒豬肉
ぶた　しょうがや
bu.ta.no./sho.u.ga.ya.ki.

豚の角煮　　滷豬肉／東坡肉
ぶた　かくに
bu.ta.no./ka.ku.ni.

海鮮類

單字

はまぐり　　大蛤蜊
ha.ma.gu.ri.

じじみ　　蜆
ji.ji.mi.

たこ　　章魚
ta.ko.

いか　　花枝
i.ka.

かき　　牡蠣
ka.ki.

ほたて　　帆立貝
ho.ta.te.

かに　　螃蟹
ka.ni.

いせえび　　龍蝦
i.se.e.bi.

えび　　蝦
e.bi.

あまえび　　甜蝦
a.ma.e.bi.

海鮮料理

單字

エビフライ　　　炸蝦
e.bi.fu.ra.i.

カキフライ　　　炸牡蠣
ka.ki.fu.ra.

イカフライ／イカリング

炸花枝／炸花枝圈
i.ka.fu.ra.i./i.ka.ri.n.gu.

エビチリ　　　糖醋蝦仁
e.bi.chi.ri.

エビマヨ　　　蝦仁美奶滋
e.bi.ma.yo.

いかめし　　　花枝飯（花枝裡塞米飯）
i.ka.me.shi.

たこ酢　　　醋漬章魚
ta.ko.su.

あさりの酒蒸し　　　酒蒸蛤蜊
a.sa.ri.no./sa.ka.mu.shi.

焼きホタテ　　　烤帆立貝
ya.ki.ho.ta.te.

カニクリームコロッケ　　　蟹肉奶油可樂餅
ka.ni./ku.ri.i.mu./ko.ro.kke.

魚類

單字

さば　　鯖
sa.ba.

さけ　　鮭
sa.ke.

うなぎ　　鰻
u.na.gi.

たら　　鱈魚
ta.ra.

めんたいこ
明太子　　明太子
me.n.ta.i.ko.

いくら　　鮭魚子
i.ku.ra.

マグロ　　鮪魚
ma.gu.ro.

たい　　鯛魚
ta.i.

ふぐ　　河豚
fu.gu.

あゆ　　香魚
a.yu.

魚料理

單字

焼き魚　　烤魚
ya.ki.za.ka.na.

煮魚　　煮魚／燉魚
ni.za.ka.na.

うな丼　　鰻魚飯
u.na./do.n.

刺身　　生魚片
sa.shi.mi.

ブリ大根　　鰤魚燉白蘿蔔
bu.ri.da.i.ko.n.

鯖の味噌煮　　味噌滷鯖魚
sa.ba.no./mi.so.ni.

白身魚のフライ　　炸白肉魚
shi.ro.mi./za.ka.na.no./fu.ra.i.

鰹のたたき　　漬鰹魚
ka.tsu.o.no./ta.ta.ki.

焼きホッケ　　烤花魚
ya.ki.ho.kke.

しらす丼　　魩仔魚飯
shi.ra.su./do.n.

蔬菜類（1）

單字

じゃがいも　　馬鈴薯
ja.ga.i.mo.

にんじん　　紅蘿蔔
ni.n.ji.n.

大根　　白蘿蔔
だいこん
da.i.ko.n.

ほうれん草　　菠菜
そう
ho.u.re.n.so.u.

キャベツ　　高麗菜
kya.be.tsu.

きゅうり　　小黃瓜
kyu.u.ri.

ブロッコリ　　緑色花椰菜
bu.ro.kko.ri.

ピーマン　　青椒
pi.i.ma.n.

なす　　茄子
na.su.

昆布　　海帶
こんぶ
ko.n.bu.

蔬菜類 (2)

単字

しいたけ　　香菇
shi.i.ta.ke.

セロリ　　芹菜
se.ro.ri.

白菜　　大白菜
ha.ku.sa.i.

レタス　　萵苣
re.ta.su.

とうもろこし／コーン　　玉米
to.u.mo.ro.ko.shi./ko.o.n.

長ねぎ　　大蔥
na.ga.ne.gi.

おくら　　秋葵
o.ku.ra.

さといも　　小芋頭
sa.to.i.mo.

さつまいも　　番薯
sa.tsu.ma.i.mo.

トマト　　番茄
to.ma.to.

豆類製品

單字

とうふ
豆腐 豆腐
to.u.fu.

ゆ ば
湯葉 生腐皮
yu.ba.

あぶらあ
油揚げ 豆皮
a.bu.ra.a.ge.

あつあ
厚揚げ 油豆腐
a.tsu.a.ge.

なっとう
納豆 納豆
na.tto.u.

あずき 紅豆
a.zu.ki.

くろまめ
黒豆 黑豆
ku.ro.ma.me.

だいず
大豆 大豆
da.i.zu.

そら まめ
そら豆 蠶豆
so.ra.ma.me.

もやし 豆芽菜
mo.ya.shi.

水果類

單字

もも　　　水蜜桃
mo.mo.

みかん　　　柑
mi.ka.n.

さくらんぼ　　　櫻桃
sa.ku.ra.n.bo.

りんご　　　蘋果
ri.n.go.

バナナ　　　香蕉
ba.na.na.

ぶどう　　　葡萄
bu.do.u.

メロン　　　哈蜜瓜
me.ro.n.

キウイ　　　奇異果
ki.u.i.

パイナップル　　　鳳梨
pa.i.na.ppu.ru.

いちご　　　草莓
i.chi.go.

マンゴー　　　芒果
ma.n.go.o.

湯類

單字

みそしる
味噌汁　　味噌湯
mi.so.shi.ru.

とんじる
豚汁　　豬肉蔬菜湯
to.n.ji.ru.

ぞうに
雑煮　　年糕湯
zo.u.ni.

チャウダー　　巧達湯
cha.u.da.a.

オニオンスープ　　洋蔥湯
o.ni.o.n./su.u.pu.

ミネストローネ　　義式蔬菜湯
mi.ne.su.to.ro.o.ne.

ガスパチョ　　西班牙蔬菜冷湯
ga.su.pa.cho.

チーズフォンデュ　　起士火鍋
chi.i.zu.fo.n.dyu.

コーンスープ　　玉米湯
ko.o.n.su.u.pu.

トムヤムクン　　泰式酸辣湯
to.mu.ya.n.ku.n.

小菜類

単字

漬け物　　醃漬物
tsu.ke.mo.no.

佃煮　　佃煮（將食物用醬油砂糖滷過）
tsu.ku.da.ni.

梅干し　　醃酸梅
u.me.bo.shi.

こんにゃく　　蒟蒻
ko.n.nya.ku.

サラダ　　沙拉
sa.ra.da.

ポテトサラダ　　洋芋沙拉
po.te.to./sa.ra.da.

ほうれん草のごま和え　　涼拌菠菜
ho.u.re.n.so.u.no./go.ma.a.e.

ひじきの煮物　　滷羊栖菜
hi.ji.ki.no./ni.mo.no.

もずく酢　　醋漬海藻
mo.zu.ku.su.

きんぴらごぼう　　炒牛蒡絲
ki.n.pi.ra./go.bo.u.

調味料

單字

塩　鹽
しお
shi.o.

砂糖　糖
さとう
sa.to.u.

こしょう　胡椒粉
ko.sho.u.

みりん　味醂
mi.ri.n.

ケチャップ　番茄醬
ke.cha.ppu.

山しょう　山椒
さん
sa.n.sho.u.

しょうゆ　醬油
sho.u.yu.

唐辛子　辣椒
とうがらし
to.u.ga.ra.shi.

酢　醋
す
su.

七味　七味粉
しちみ
shi.chi.mi.

蛋類

單字

スクランブル　　炒蛋
su.ku.ra.n.bu.ru.

目玉焼き　　荷包蛋
me.da.ma.ya.ki.

片面焼き　　太陽蛋
ka.ta.me.n.ya.ki.

半熟　　半熟
ha.n.ju.ku.

ゆで玉子　　水煮蛋
yu.de.ta.ma.go.

茶碗蒸し　　蒸蛋
cha.wa.n.mu.shi.

オムレツ　　美式煎蛋捲
o.mu.re.tsu.

温泉玉子　　温泉蛋
o.n.se.n.ta.ma.go.

玉子焼き　　日式煎蛋
ta.ma.go.ya.ki.

玉子かけご飯　　生蛋拌飯
ta.ma.go.ka.ke.go.ha.n.

加工食品

單字

練り物 （ね もの）　　漿製品（如魚漿製品等）
ne.ri.mo.no.

かまぼこ　　　魚板
ka.ma.bo.ko.

ちくわ　　　竹輪
chi.ku.wa.

魚肉ソーセージ （ぎょにく）　　　魚肉香腸
gyo.ni.ku./so.o.se.e.ji.

缶詰 （かんづめ）　　罐頭
ka.n.zu.me.

ツナ缶 （かん）　　鮪魚罐頭
tsu.na.ka.n.

レトルト食品 （しょくひん）

　　　即食包食品（如咖哩包、低卡調理包）
re.to.ru.to./sho.ku.hi.n.

冷凍食品 （れいとうしょくひん）　　冷凍食品
re.i.to.u./sho.ku.hi.n.

乳製品 （にゅうせいひん）　　乳製品
nyu.u.se.i.hi.n.

ヨーグルト　　　優格
yo.o.gu.ru.to.

日式甜點

單字

和菓子
wa.ga.shi.
日式甜點／和果子

ぜんざい
ze.n.za.i.
紅豆湯

たい焼き
ta.i.ya.ki.
鯛魚燒

饅頭
ma.n.ju.u.
日式甜餡餅

わらびもち
wa.ra.bi.mo.chi.
蕨餅

大福
da.i.fu.ku.
包餡的麻薯

団子
da.n.go.
糯米丸子

羊羹
yo.u.ka.n.
羊羹

最中
mo.na.ka.
最中（米餅裡面包甜餡）

今川焼き
i.ma.ga.wa.ya.ki.
紅豆餅

洋風甜點

單字

プリン　　　布丁
pu.ri.n.

アップルパイ　　　蘋果派
a.ppu.ru.pa.i.

タルト　　　水果餡餅／水果塔
ta.ru.to.

ケーキ　　　蛋糕
ke.e.ki.

ワッフル　　　（格狀）鬆餅
wa.ffu.ru.

パンケーキ　　　（圓餅狀）鬆餅
pa.n.ke.e.ki.

マカロン　　　馬卡龍
ma.ka.ro.n.

シュークリーム　　　泡芙
shu.u.ku.ri.i.mu.

カステラ　　　蜂蜜蛋糕
ka.su.te.ra.

ポップコーン　　　爆米花
po.ppu.ko.o.n.

冰品

單字

ソフト　　霜淇淋
so.fu.to.

アイス／アイスクリーム　　冰淇淋
a.i.su./a.i.su.ku.ri.i.mu.

アイスキャンディー　　冰棒
a.i.su./kya.n.di.i.

バニラ　　香草口味
ba.ni.ra.

コーヒーフロート　　飄浮冰咖啡
ko.o.hi.i./fu.ro.o.to.

カキ氷　　刨冰
ka.ki./go.o.ri.

シャーベット　　雪酪
sha.a.be.tto.

パフェ　　聖代
pa.fe.

フローズンヨーグルト　　優酪冰淇淋
fu.ro.o.zu.n./yo.o.gu.ru.to.

宇治金時　　抹茶紅豆冰
u.ji.ki.n.to.ki.

無酒精飲料

單字

ドリンク　　　飲料
do.ri.n.ku.

にゅうさんきんいんりょう
乳酸菌飲料　　　乳酸飲料
nyu.u.sa.n.ki.n.i.n.ryo.u.

ぎゅうにゅう
牛乳　　　牛奶
gyu.u.nyu.u.

の
飲むヨーグルト　　　優酪乳
no.mu./yo.o.gu.ru.to.

まっちゃ
抹茶　　　抹茶
ma.ccha.

ココア　　　可可亞
ko.ko.a.

ミネラルウォーター　　　礦泉水
mi.ne.ra.ru.wo.o.ta.a.

ペプシ　　　百事可樂
pe.pu.shi.

コカコーラ　　　可口可樂
ko.ka.ko.o.ra.

サイダー　　　汽水
sa.i.da.a.

酒精類飲料

單字

ビール　　　啤酒
bi.i.ru.

シャンパン　　　香檳
sha.n.pa.n.

チューハイ　　　酒精含量較低的調味酒
chu.u.ha.i.

ワイン　　　葡萄酒
wa.i.n.

カクテル　　　雞尾酒
ka.ku.te.ru.

しょうちゅう
焼 酎　　　蒸餾酒
sho.u.chu.u.

うめしゅ
梅酒　　　梅酒
u.me.shu.

さけ
酒　　　清酒
sa.ke.

ウイスキー　　　威士忌
u.i.su.ki.i.

ブランデー　　　白蘭地
bu.ra.n.de.e.

茶類

單字

お茶 茶
o.cha.

緑茶 綠茶
ryo.ku.cha.

紅茶 紅茶
ko.u.cha.

ほうじ茶 烘焙茶
ho.u.ji.cha.

煎茶 煎茶
se.n.cha.

ジャスミンティー 茉莉花茶
ja.su.mi.n.ti.i.

アールグレイ 伯爵茶
a.a.ru.gu.re.i.

アッサムブラックティー 阿薩姆紅茶
a.ssa.mu.bu.ra.kku.ti.i.

ミルクティー 奶茶
mi.ru.ku.ti.i.

ティーバッグ 茶袋／茶包
ti.i.ba.ggu.

咖啡類

單字

ラッテ　　　拿鐵
ra.tte.

エスプレッソ　　　義式濃縮
e.su.pu.re.sso.

カプチーノ　　　卡布奇諾
ka.pu.chi.i.no.

モカコーヒー　　　摩卡咖啡
mo.ka.ko.o.hi.i.

カフェオレ　　　咖啡歐蕾
ka.fe.o.re.

デカフェ　　　低咖啡因
de.ka.fe.

ブラック　　　黑咖啡
bu.ra.kku.

ブレンド　　　綜合咖啡
bu.re.n.do.

インスタントコーヒー　　　即溶咖啡
i.n.su.ta.n.to.ko.o.hi.i.

ミルク　　　奶精／牛奶
mi.ru.ku.

果汁類

單字

ジュース　　　果汁
ju.u.su.

レモンジュース　　　檸檬汁
re.mo.n.ju.u.su.

グレープフルーツジュース　　　葡萄柚汁
gu.re.e.pu.fu.ru.u.tsu.ju.u.su.

オレンジジュース　　　柳橙汁
o.re.n.ji.ju.u.su.

ミックスジュース　　　混合水果飲料
mi.kku.su.ju.u.su.

アップルジュース　　　蘋果汁
a.ppu.ru.ju.u.su.

パイナップルジュース　　　鳳梨汁
pa.i.na.ppu.ru.ju.u.su.

野菜ジュース　　　蔬菜汁
ya.sa.i.ju.u.su.

トマトジュース　　　番茄汁
to.ma.to./ju.u.su.

ネクター　　　含果肉的果汁
ne.ku.ta.a.

壽司店常見餐點

單字

握り寿司　　　握壽司
ni.gi.ri./su.shi.

軍艦巻き　　　軍艦壽司
gu.n.ka.n./ma.ki.

海苔巻き　　　捲壽司（用海苔捲成後再切）
no.ri./ma.ki.

太巻き　　　粗捲壽司／花壽司
fu.to./ma.ki.

ちらし寿司

散壽司（材料放在壽司飯上，或拌進飯裡）
chi.ra.shi./zu.shi.

押し寿司　　　押壽司（將食材和壽司米放進
容器裡壓成）
o.shi./zu.shi.

稲荷寿司　　　豆皮壽司
i.na.ri./zu.shi.

手巻き寿司　　　手捲
te.ma.ki./zu.shi.

がり　　　漬薑片
ga.ri.

常見日式餐點

單字

なべ
鍋　　　火鍋
na.be.

しゃぶしゃぶ　　　涮涮鍋
sha.bu.sha.bu.

や
すき焼き　　　壽喜燒
su.ki.ya.ki.

この　　や
お好み焼き　　　大阪燒
o.ko.no.mi./ya.ki.

や
もんじゃ焼き　　　文字燒
mo.n.ja./ya.ki.

かていりょうり
家庭料理　　　家常菜
ka.te.i./ryo.u.ri.

どんぶり　　　丼飯
do.n.bu.ri.

おでん　　　黑輪
o.de.n.

しょうじんりょうり
精進料理　　　素食料理
sho.u.ji.n.ryo.u.ri.

かっぽうりょうり
割烹料理　　　精緻日式料理
ka.ppo.u.ryo.u.ri.

常見洋食

單字

カレー　　　咖哩
ka.re.e.

オムライス　　　蛋包飯
o.mu.ra.i.su.

ハヤシライス　　　紅酒牛肉飯
ha.ya.shi./ra.i.su.

コロッケ　　　可樂餅
ko.ro.kke.

チキンカツ　　　日式炸雞排
chi.ki.n./ka.tsu.

メンチカツ　　　炸肉餅
me.n.chi./ka.tsu.

フライ　　　炸海鮮（如日式炸蝦等）
fu.ra.i.

ピラフ　　　西洋炒飯
pi.ra.fu.

ビーフシチュー　　　燉牛肉
bi.i.fu./shi.chu.u.

グラタン　　　焗烤
gu.ra.ta.n.

常見義式餐點

單字

マカロニ　　　通心粉
ma.ka.ro.ni.

カルボナーラ　　　培根蛋麵
ka.ru.bo.na.a.ra.

ミートソース　　　番茄肉醬麵
mi.i.to.so.o.su.

ペペロンチーノ　　　蒜味辣椒麵
pe.pe.ro.n.chi.i.no.

ピザ　　　披薩
pi.za.

マルゲリータ　　　瑪格麗特披薩
ma.ru.ge.ri.i.ta.

リゾット　　　燉飯
ri.zo.tto.

カルパッチョ　　　生牛肉冷盤
ka.ru.pa.ccho.

サラミ　　　義式香腸
sa.ra.mi.

カプレーゼ　　　義式番茄乳酪沙拉
ka.pu.re.e.ze.

常見中華餐點

單字

チャーハン　　　炒飯
cha.a.ha.n.

餃子　　　煎餃
gyo.u.za.

シューマイ　　　燒賣
shu.u.ma.i.

天津飯　　　天津飯（飯上面有蛋皮和芡汁）
te.n.shi.n.ha.n.

中華丼　　　中華丼（飯上面加蔬菜的芡汁）
chu.u.ka.do.n.

春巻き　　　春捲
ha.ru.ma.ki.

五目そば　　　蔬菜炒麵
go.mo.ku.so.ba.

酢豚　　　糖醋排骨
su.bu.ta.

マーボー豆腐　　　麻婆豆腐
ma.a.bo.o./do.u.fu.

かに玉　　　蟹肉滑蛋
ka.ni.ta.ma.

常見韓式餐點

單字

カムジャタン　　馬鈴薯豬肉湯
ka.mu.ja.ta.n.

キムチチゲ　　泡菜鍋
ki.mu.chi./chi.ge.

スンドゥブチゲ　　豆腐鍋
su.n.du.bu./chi.ge.

カルビ　　烤牛五花
ka.ru.bi.

サムギョプサル　　烤豬五花肉
sa.mu.gyo.pu.sa.ru.

タッカルビ　　春川炒雞
ta.kka.ru.bi.

サムゲタン　　蔘雞湯
sa.mu.ge.ta.n.

ケジャン　　漬生蟹
ke.ja.n.

キムチ　　泡菜
ki.mu.chi.

チヂミ　　韓式煎餅
chi.ji.mi.

速食常見餐點

單字

ハンバーガー　　　漢堡
ha.n.ba.a.ga.a.

チーズバーガー　　　起士漢堡
chi.i.zu./ba.a.ga.a.

照り焼きチキンバーガー　　　照燒雞肉漢堡
te.ri.ya.ki./chi.ki.n./ba.a.ga.a.

ライスバーガー　　　米漢堡
ra.i.su./ba.a.ga.a.

ホットドッグ　　　熱狗
ho.tto./do.ggu.

フライドチキン　　　炸雞
fu.ra.i.do./chi.ki.n.

チキンナゲット　　　雞塊
chi.ki.n.na.ge.tto.

ポテト　　　薯條
po.te.to.

オニオンリング　　　洋蔥圈
o.ni.o.n./ri.n.gu.

ミルクシェイク　　　奶昔
mi.ru.ku.she.i.ku.

路邊攤常見餐點

單字

たこ焼き　　章魚燒
ta.ko.ya.ki.

肉巻きおにぎり　　烤肉包飯
ni.ku.ma.ki./o.ni.gi.ri.

フランクフルト　　大熱狗
fu.ra.n.ku./fu.ru.to.

串揚げ　　串炸
ku.shi./a.ge.

串焼き　　烤肉串
ku.shi./ya.ki.

焼きイカ　　烤花枝
ya.ki.i.ka.

焼きもろこし　　烤玉米
ya.ki./mo.ro.ko.shi.

りんごあめ　　蘋果糖葫蘆
ri.n.go./a.me.

ベビーカステラ　　雞蛋糕
be.bi.i./ka.su.te.ra.

わた菓子　　棉花糖
wa.ta.ga.shi.

餅乾零食

單字

クッキー　　　餅乾
ku.kki.i.

ビスケット　　小餅乾
bi.su.ke.tto.

せんべい　　　仙貝
se.n.be.i.

オレオ　　　OREO 奧瑞歐
o.re.o.

源氏パイ　　源氏派
ge.n.ji./pa.i.

バウムクーヘン　　　年輪蛋糕
ba.u.mu.ku.u.he.n.

ポテトチップス　　　洋芋片
po.te.to./chi.ppu.su.

駄菓子　　傳統點心
da.ga.shi.

えびせん　　蝦仙貝
e.bi.se.n.

かりんとう　　花林糖
ka.ri.n.to.u.

口香糖、巧克力

単字

ガム　　口香糖
ga.mu.

チョコレート　　巧克力
cho.ko.re.e.to.

スナックチョコレート　　巧克力零食
su.na.kku./cho.ko.re.e.to.

板チョコ　　片狀巧克力
i.ta./cho.ko.

ポッキー　　POCKY
po.kki.i.

チョコバー　　巧克力棒
cho.ko.ba.a.

チョコパイ　　巧克力派
cho.ko.pa.i.

ポテトチップチョコレート　　巧克力洋芋片
po.te.to./chi.ppu./cho.ko.re.e.to.

生チョコレート　　生巧克力
na.ma./cho.ko.re.e.to.

チョコクッキー　　巧克力餅乾
cho.ko./ku.kki.i.

購物篇

主要購物地點

單字

とうきょう
東京　　　東京
to.u.kyo.u.

しんじゅく
新宿　　　新宿
shi.n.ju.ku.

ぎんざ
銀座　　　銀座
gi.n.za.

だいば
お台場　　　台場
o.da.i.ba.

おおさか
大阪　　　大阪
o.o.sa.ka.

うめだ
梅田　　　梅田
u.me.da.

しんさいばし
心斎橋　　　心齋橋
shi.n.sa.i.ba.shi.

なごや
名古屋　　　名古屋
na.go.ya.

ふくおか
福岡　　　福岡
fu.ku.o.ka.

さっぽろ
札幌　　　札幌
sa.ppo.ro.

商店類型

単字

めんぜいてん
免税店　　免税商店
me.n.ze.i.te.n.

デパート　　百貨公司
de.pa.a.to.

しょうてんがい
商店街　　商店街
sho.u.te.n.ga.i.

スーパー　　超級市場
su.u.pa.a.

ホームセンター　　DIY 家倶量販店
ho.o.mu./se.n.ta.a.

モール　　大型購物中心
mo.o.ru.

ブティック　　精品店
bu.ti.kku.

いちば
市場　　市場
i.chi.ba.

せんもんてん
専門店　　専賣店
se.n.mo.n.te.n.

主要百貨

単字

みつこしひゃっかてん
三越百貨店　　　三越百貨
mi.tsu.ko.shi./hya.kka.te.n.

はんきゅうひゃっかてん
阪急百貨店　　　阪急百貨
ha.n.kyu.u./hya.kka.te.n.

とうきゅうひゃっかてん
東急百貨店　　　東急百貨
to.u.kyu.u./hya.kka.te.n.

きんてつひゃっかてん
近鉄百貨店　　　近鐵百貨
ki.n.te.tsu./hya.kka.te.n.

めいてつひゃっかてん
名鉄百貨店　　　名鐵百貨
me.i.te.tsu./hya.kka.te.n.

せいぶひゃっかてん
西武百貨店　　　西武百貨
se.i.bu./hya.kka.te.n.

いせたん
伊勢丹　　　伊勢丹百貨
i.se.ta.n.

だいまる
大丸　　　大丸百貨
da.i.ma.ru.

たかしまや
高島屋　　　高島屋百貨
ta.ka.shi.ma.ya.

まつざかや
松坂屋　　　松坂屋百貨
ma.tsu.za.ka.ya.

百貨設施

單字

売り場　　賣場
u.ri.ba.

催し場　　特賣場
mo.yo.o.shi.ba.

ロッカー　　寄物櫃
ro.kka.a.

荷物預り所　　寄物處
ni.mo.tsu./a.zu.ka.ri.jo.

授乳室　　哺乳室
ju.nyu.u.shi.tsu.

デパ地下　　百貨地下街
de.pa.chi.ka.

カスタマーセンター　　顧客服務中心
ka.su.ta.ma.a./se.n.ta.a.

キッズコーナー　　兒童遊樂區
ki.zzu./ko.o.na.a.

パウダールーム
　　　　　　　　化粧室（空間較大供休息補粧）
pa.u.da.a./ru.u.mu.

屋上庭園　　空中花園
o.ku.jo.u./te.i.e.n.

簡介傳單

單字

フロアガイド　　　各樓層簡介
fu.ro.a./ga.i.do.

フロアマップ　　　樓層地圖
fu.ro.a./ma.ppu.

グルメガイド　　　美食導覽
gu.ru.me./ga.i.do.

アクセスマップ　　交通資訊
a.ku.se.su./ma.ppu.

催し物スケジュール　　活動行事曆
mo.yo.o.shi.mo.no./su.ke.ju.u.ru.

イベント案内　　活動介紹
i.be.n.to./a.n.na.i.

フェア情報　　活動消息
fe.a./jo.u.ho.u.

チラシ　　廣告單
chi.ra.shi.

ショップリスト　　商店列表
sho.ppu./ri.su.to.

物産展　　物產展
bu.ssa.n./te.n.

藥粧

單字

ドラッグストア　　　藥粧店
do.ra.ggu./su.to.a.

薬局　　　藥局
ya.kkyo.ku.

薬剤師　　　藥劑師
ya.ku.za.i.shi.

処方せん医薬品　　　處方用藥
sho.ho.u.se.n./i.ya.ku.hi.n.

薬　　　藥
ku.su.ri.

漢方薬　　　中藥
ka.n.po.u.ya.ku.

ドリンク剤　　　營養補給飲料
do.ri.n.ku./za.i.

ビタミン剤　　　維他命
bi.ta.mi.n./za.i.

紙おむつ　　　紙尿布
ka.mi./o.mu.tsu.

ナプキン／タンポン　　　衛生棉／衛生棉條
na.pu.ki.n./ta.n.po.n.

便利商店

單字

コンビニ　　　便利商店
ko.n.bi.ni.

百均　　　百元店
hya.kki.n.

キヨスク　　　車站賣報紙飲料的小商店
ki.yo.su.ku.

セブンイレブン　　　7-11
se.bu.n./i.re.bu.n.

ローソン　　　LAWSON
ro.o.so.n.

ファミリーマート　　　全家便利商店
fa.mi.ri.i./ma.a.to.

サークルK　　　OK便利商店
sa.a.ku.ru.ke.

サンクス　　　SUNKUS
sa.n.ku.su.

ミニストップ　　　MINISTOP
mi.ni.su.to.ppu.

デイリーヤマザキ　　　DAILY YAMAZAKI
de.i.ri.i./ya.ma.za.ki.

商店街

單字

お土産物屋　　名產店
みやげものや
o.mi.ya.ge.mo.no.ya.

八百屋　　蔬菜店
やおや
ya.o.ya.

米屋　　米店
こめや
ko.me.ya.

酒屋　　酒商／賣酒的商店
さかや
sa.ka.ya.

肉屋　　肉店
にくや
ni.ku.ya.

パン屋　　麵包店
や
pa.n.ya.

ケーキ屋　　蛋糕店
や
ke.e.ki.ya.

花屋　　花店
はなや
ha.na.ya.

時計屋　　鐘錶店
とけいや
to.ke.i.ya.

クリーニング屋　　乾洗店
や
ku.ri.i.ni.n.gu.ya.

購物中心

單字

ショッピングモール　　購物中心
sho.ppi.n.gu./mo.o.ru.

ショッピングセンター　　購物中心
sho.ppi.n.gu./se.n.ta.a.

総合スーパー　　綜合商場
so.u.go.u./su.u.pa.a.

アウトレット　　暢貨中心
a.u.to.re.tto.

ディスカウントストア　　折扣商店
di.su.ka.u.n.to./su.to.a.

イオンモール　　AEON 購物中心
i.o.n./mo.o.ru.

ららぽーと　　LALAPORT 購物中心
ra.ra.po.o.to.

イトーヨーカドー　　ITOYOKADO 購物商場
i.to.o.yo.o.ka.do.o.

ダイエー　　DAIEI 購物商場
da.i.e.e.

西友　　西友購物商場
se.i.yu.u.

超市

單字

スーパーマーケット　　超級市場
su.u.pa.a./ma.a.ke.tto.

業務用スーパー　　量販中心
gyo.u.mu.yo.u./su.u.pa.a.

日用品　　日常用品
ni.chi.yo.u.hi.n.

ベビー用品　　嬰兒用品
be.bi.i.yo.u.hi.n.

食品　　食品
sho.ku.hi.n.

惣菜コーナー　　熟食區
so.u.za.i./ko.o.na.a.

生鮮食品　　生鮮食品
se.i.se.n./sho.ku.hi.n.

ペットフード　　寵物食品
pe.tto./fu.u.do.

商場設施

單字

エレベーター　　電梯
e.re.be.e.ta.a.

エスカレーター　　手扶梯
e.su.ka.re.e.ta.a.

店員<ruby>店員<rt>てんいん</rt></ruby>
店員　店員
te.n.i.n.

カート　　手推車
ka.a.to.

かご　　籃子
ka.go.

コーナー　　區域
ko.o.na.a.

棚　貨架
ta.na.

勘定場　結帳處
ka.n.jo.u.ba.

お会計　結帳櫃台
o.ka.i.ke.i.

レジ　收銀機／櫃台
re.ji.

書店雜貨

單字

ほんや
本屋　　書店
ho.n.ya.

しょてん
書店　　書店
sho.te.n.

ふるほんや
古本屋　　二手書店
fu.ru.ho.n.ya.

ぶんぼうぐや
文房具屋　　文具店
bu.n.po.u.gu.ya.

ざっかや
雑貨屋　　生活雜貨店
za.kka.ya.

かぐてん
家具店　　家具店
ka.gu.te.n.

アンティークショップ　　古董店
a.n.ti.i.ku./sho.ppu.

インテリア　　內部裝潢
i.n.te.ri.a.

しゅげいてん
手芸店　　手工藝店
shu.ge.i.te.n.

かなものや
金物屋　　五金行
ka.na.mo.no.ya.

廚房家電

單字

電子レンジ　　　微波爐
de.n.shi.re.n.ji.

オーブン／トースター　　　烤箱／小烤箱
o.o.bu.n./to.o.su.ta.

コーヒーメーカー　　　咖啡機
ko.o.hi.i./me.e.ka.a.

食器洗い機　　　洗碗機
sho.kki.a.ra.i.ki.

炊飯器　　　電子鍋
su.i.ha.n.ki.

ミキサー　　　果汁機
mi.ki.sa.a.

ホームベーカリー　　　麵包機
ho.o.mu./be.e.ka.ri.i.

ホットプレート　　　鐵板燒機
ho.tto./pu.re.e.to.

フードプロセッサー　　　食物調理機
fu.u.do./pu.ro.se.ssa.a.

IH調理器　　　電磁爐
a.i.e.chi./cho.u.ri.ki.

廚房用品

單字

ゴミ袋　　垃圾袋
go.mi.bu.ku.ro.

アルミ箔　　鋁箔紙
a.ru.mi.ha.ku.

ラップ　　保鮮膜
ra.ppu.

フリーザーバッグ　　保鮮袋
fu.ri.i.za.a./ba.ggu.

タッパー　　保鮮盒
ta.ppa.a.

なべつかみ　　耐熱手套
na.be.tsu.ka.mi.

キッチンタオル　　廚房紙巾
ki.cchi.n.ta.o.ru.

缶切り　　開罐器
ka.n.ki.ri.

すり鉢　　磨東西的鉢
su.ri.ba.chi.

布巾　　擦桌子的抹布
fu.ki.n.

廚具

單字

フライパン　　平底鍋
fu.ra.i.pa.n.

鍋 (なべ)　鍋子
na.be.

土鍋 (どなべ)　砂鍋
do.na.be.

ティーポット　　茶壺
ti.i.po.tto.

皮むき (かわ)　削皮刀
ka.wa.mu.ki.

包丁 (ほうちょう)　菜刀
ho.u.cho.u.

まないた　　砧板
ma.na.i.ta.

ざる　　篩子／可濾水的容器
za.ru.

フライ返し (がえ)　鍋鏟
fu.ra.i.ga.e.shi.

しゃもじ　　飯杓
sha.mo.ji.

家庭電器

單字

でんきや
電気屋　　電器行
de.n.ki.ya.

せんたくき
洗濯機　　洗衣機
se.n.ta.ku.ki.

かんそうき
乾燥機　　乾衣機
ka.n.so.u.ki.

アイロン　　熨斗
a.i.ro.n.

くうきせいじょうき
空気清浄機　　空氣清淨機
ku.u.ki.se.i.jo.u.ki.

ブルーレイプレーヤー　　藍光 DVD 機
bu.ru.u.re.i./pu.re.e.ya.a.

せんぷうき
扇風機　　電扇
se.n.pu.u.ki.

そうじき
掃除機　　吸塵器
so.u.ji.ki.

ルンバ　　機器人吸塵器
ru.n.ba.

ステレオ　　音響組合
su.te.re.o.

文具事務用品

單字

ノート　　　筆記簿
no.o.to.

ルーズリーフ　　　活頁簿
ru.u.zu.ri.i.fu.

手帳　　日誌
て ちょう
te.cho.u.

マスキングテープ　　　紙膠帶
ma.su.ki.n.gu./te.e.pu.

ポストイット　　　便利貼
po.su.to./i.tto.

セロハンテープ　　　透明膠帶
se.ro.ha.n./te.e.pu.

ペン　　　筆
pe.n.

ペンケース／筆入れ　　　鉛筆盒／筆袋
ふ でい
pe.n.ke.e.su./fu.de.i.re.

クリップ　　　夾子／迴紋針
ku.ri.ppu.

シュレッダー　　　碎紙機
shu.re.dda.a.

衛浴用品

單字

シャワーキャップ　　　浴帽
sha.wa.a./kya.ppu.

フェイスタオル　　　洗臉毛巾
fe.i.su./ta.o.ru.

風呂いす　　　浴室用的小圓凳
fu.ro.i.su.

シャワーヘッド　　　蓮蓬頭
sha.wa.a./he.ddo.

タオル掛け　　　毛巾架
ta.o.ru.ga.ke.

風呂ふた　　　蓋在浴缸上的蓋子
fu.ro.fu.ta.

石鹸置き　　　肥皂盒
se.kke.n.o.ki.

デンタルフロス　　　牙線
de.n.ta.ru./fu.ro.su.

つめ切り　　　指甲刀
tsu.me.ki.ri.

トイレットペーパー　　　廁所用衛生紙
to.i.re.tto./pe.e.pa.a.

清潔用品

單字

ティッシュ　　　紙巾／面紙
ti.sshu.

ウェットティッシュ　　　濕紙巾
we.tto./ti.sshu.

<ruby>排水<rt>はいすい</rt></ruby>クリーナー　　　水管清潔劑
ha.i.su.i./ku.ri.i.na.a.

<ruby>雑巾<rt>ぞうきん</rt></ruby>　　　抹布
zo.u.ki.n.

コロコロ　　　清潔黏著捲筒
ko.ro.ko.ro.

<ruby>洗剤<rt>せんざい</rt></ruby>　　　洗潔精
se.n.za.i.

ダスター　　　除塵抹布
da.su.ta.a.

<ruby>虫<rt>むし</rt></ruby>よけスプレー　　　用於戶外的防蟲劑
mu.shi.yo.ke./su.pu.re.e.

<ruby>消臭剤<rt>しょうしゅうざい</rt></ruby>　　　除臭劑
sho.u.shu.u.za.i.

スポンジ／たわし　　　菜瓜布／棕刷
su.po.n.ji./ta.wa.shi.

家具

單字

カーテン　　　窗簾
ka.a.te.n.

ブラインド　　百葉窗簾
bu.ra.i.n.do.

テーブル　　　西式桌子
te.e.bu.ru.

こたつ　　　小暖桌
ko.ta.tsu.

ソファー　　　沙發
so.fa.a.

ほんだな
本棚　　書櫃
ho.n.da.na.

ひ　だ
引き出し　　　抽屜
hi.ki.da.shi.

クッション　　椅墊
ku.ssho.n.

カバー　　床套、枕套、椅套等的統稱
ka.ba.a.

クロゼット　　衣櫥
ku.ro.ze.tto.

香氛

單字

アロマ　　　香氛
a.ro.ma.

癒しグッズ　　　療癒商品／精神安定商品
i.ya.shi./gu.zzu.

アロマオイル　　　香氛油
a.ro.ma./o.i.ru.

エッセンシャルオイル　　　精油
e.sse.n.sha.ru./o.i.ru.

ディフューザー　　　精油機
di.fyu.u.za.a.

アロマポット

　　　　　　　（點蠟燭的）精油燈座／香薰燈
a.ro.ma./po.tto.

お香　　　香（如線香等）
o.ko.u.

キャンドル　　　蠟燭
kya.n.do.ru.

アロマライト　　　（插電型）精油燈
fu.ro.a./ra.i.to.

アロマバス　　　香氛浴
a.ro.ma./ba.su.

體育用品

單字

スポーツウエア　　　運動服飾
su.po.o.tsu./we.a.

スウェット　　　體育休閒服
su.we.tto.

スケート　　溜冰鞋
su.ke.e.to.

スポーツシューズ　　　運動鞋
su.po.o.tsu./shu.u.zu.

ランニングシューズ　　　慢跑鞋
ra.n.ni.n.gu./shu.u.zu.

スパイクシューズ　　　釘鞋
su.pa.i.ku./shu.u.zu.

グローブ　　手套
gu.ro.o.bu.

バット　　球棒
ba.tto.

ラケット　　球拍
ra.ke.tto.

ボール　　球
bo.o.ru.

和風名產

單字

和紙 (わし)　和紙
wa.shi.

着物 (きもの)　和服
ki.mo.no.

コスプレ衣装 (いしょう)　玩角色扮演的衣服
ko.su.pu.re./i.sho.u.

お守り (まも)　御守
o.ma.mo.ri.

キャラクターグッズ　動漫週邊商品
kya.ra.ku.ta.a./gu.zzu.

日本人形 (にほんにんぎょう)　日本傳統人偶
ni.ho.n./ni.n.gyo.u.

彫金小物 (ちょうきんこもの)
　雕金小物／金屬片鑿成各種圖案的小東西
cho.u.ki.n./ko.mo.no.

和風ギフト (わふう)　和風小禮物
wa.fu.u./gi.fu.to.

和風扇子 (わふうせんす)　和風扇子
wa.fu.u./se.n.su.

招き猫 (まねねこ)　招財貓
ma.ne.ki./na.ko.

産地保固

單字

げんさんち
原産地 　　　産地
ge.n.sa.n.chi.

げんさんこく
原産国 　　　原產國
ge.n.sa.n.ko.ku.

さんちぎそう
産地偽装 　　　偽造產地
sa.n.chi.gi.so.u.

ゆにゅうひん
輸入品 　　　進口品
yu.nyu.u.hi.n.

ゆにゅうがいしゃ
輸入会社 　　　進口商
yu.nyu.u./ga.i.sha.

ほしょうきかん
保証期間 　　　保固期
ho.sho.u./ki.ka.n.

ほしょうしょ
保証書 　　　保證書
ho.sho.u.sho.

ほしょうたいしょう
保証対象 　　　保證的商品內容
ho.sho.u./ta.i.sho.

こしょう
故障 　　　故障
ko.sho.u.

むりょうしゅうり
無料修理 　　　免費維修
mu.ryo.u./shu.u.ri.

貨品版本及庫存

單字

しんはつばい
新発売　　　新款
shi.n.ha.tsu.ba.i.

にんきしょうひん
人気商品　　　暢銷商品
ni.n.ki.sho.u.hi.n.

ていばん
定番　　經典款
te.i.ba.n.

か　　どく
お買い得　　　超值商品
o.ka.i.do.ku.

しなぎ
品切れ　　缺貨
shi.na.gi.re.

せんこうはんばい
先行販売　　　搶先販賣
se.n.ko.u.ha.n.ba.i.

フライングゲット／フラゲ　　　搶先買到
fu.ra.i.n.gu.ge.tto./fu.ra.ge.

きかんげんてい
期間限定　　　期限內發行
ki.ka.n.ge.n.te.i.

とくてん
特典　　特別附的禮物
to.ku.te.n.

おまけ　　小禮物
o.ma.ke.

試穿試吃

單字

しちゃく
試着　　　試穿
shi.cha.ku.

フィッティングルーム　　　試衣間
fi.tti.n.gu./ru.u.mu.

しちゃくしつ
試着室　　　試衣間
shi.cha.ku./shi.tsu.

ししょく
試食　　　試吃
shi.sho.ku.

ししょくかい
試食会　　　試吃大會
shi.sho.ku.ka.i.

サンプル　　　樣品
sa.n.pu.ru.

ため
お試しセット　　　體驗組
o.ta.me.shi./se.tto.

トライアルセット　　　體驗組
to.ra.i.a.ru./se.tto.

むりょう　　ため
無料お試しセット　　　免費體驗組
mu.ryo.u./o.ta.me.shi./se.tto.

ひかく
比較　　　比較
hi.ka.ku.

折扣

單字

いちわりびき
一割引　　　打九折
i.chi.wa.ri.bi.ki.

に わりびき
二割引　　　打八折
ni.wa.ri.bi.ki.

さんわりびき
三割引　　　打七折
sa.n.wa.ri.bi.ki.

よんわりびき
四割引　　　打六折
yo.n.wa.ri.bi.ki.

ご わりびき
五割引　　　打五折
go.wa.ri.bi.ki.

ろくわりびき
六割引　　　打四折
ro.ku.wa.ri.bi.ki.

ななわりびき
七割引　　　打三折
na.na.wa.ri.bi.ki.

はんがく
半額　　　半價
ha.n.ga.ku.

ざいこいっそう
在庫一掃セール　　　出清存貨
za.i.kko.u./i.sso.u./se.e.ru.

ね び
値引き　　　降價
ne.bi.ki.

價格

單字

きんいつ
均一　　　均一價
ki.n.i.tsu.

ていか
定価　　　不二價
te.i.ka.

ただ／無料　　　免費
ta.da./mu.ryo.u.
むりょう

とく
お得　　　特價
o.to.ku.

クーポン　　　優待券
ku.u.po.n.

チラシ　　　廣告傳單
chi.ra.shi.

おおうりだ
大売出し　　　大拍賣
o.o.u.ri.da.sh.

セール　　　拍賣
se.e.ru.

かんしゃまつ
感謝祭り　　　感恩特賣
ka.n.sha.ma.tsu.ri.

したど
下取り　　　折價換新
shi.ta.do.ri.

包装方式

單字

プレゼント　　　禮物
pu.re.ze.n.to.

ギフト<ruby>包装<rt>ほうそう</rt></ruby>　　　禮品包裝
gi.fu.to./ho.u.so.u.

<ruby>郵送用梱包<rt>ゆうそうようこんぼう</rt></ruby>　　郵寄用包裝
yu.u.so.u.yo.u./ko.n.po.u.

<ruby>自宅用<rt>じたくよう</rt></ruby>　　　自用
ji.ta.ku./yo.u.

<ruby>紙袋<rt>かみぶくろ</rt></ruby>　　紙袋
ka.mi./bu.ku.ro.

ビニール<ruby>袋<rt>ぶくろ</rt></ruby>　　　塑膠袋
bi.ni.i.ru./bu.ku.ro.

<ruby>別々<rt>べつべつ</rt></ruby>に　　分開
be.tsu.be.tsu.ni.

<ruby>一緒<rt>いっしょ</rt></ruby>に<ruby>入<rt>い</rt></ruby>れる　　裝一起
i.ssho.ni./i.re.ru.

リボン　　　緞帶
ri.bo.n.

シール　　　貼紙
shi.i.ru.

付款

単字

かいけい
お会計　　付款
o.ka.i.ke.i.

げんきん
現金　　現金
ge.n.ki.n.

クレジットカード　　信用卡
ku.re.ji.tto./ka.a.do.

げんきん
現金のみ　　只接受現金
ge.n.ki.n./no.mi.

サービス料　　服務費
りょう
sa.a.bi.su.ryo.u.

つ
お釣り　　零錢
o.tsu.ri.

ぶんかつばら
分割払い　　分期付款
bu.n.ka.tsu./ba.ra.i.

ポイントカード　　集點卡
po.i.n.to./ka.a.do.

かんげんきん
還元金　　現金還元
ka.n.ge.n.ki.n.

ポイント　　點數
po.i.n.to.

退税

單字

めんぜい
免税　　免税／退税
me.n.ze.i.

てつづ
手続き　　手續
te.tsu.zu.ki.

めんぜいてつづ
免税手続き　　退税手續
me.n.ze.i./te.tsu.zu.ki.

めんぜい
免税カウンター　　退税櫃檯
me.n.ze.i./ka.u.n.ta.a.

はら　　もど
払い戻し　　退税／退回金額
ha.ra.i./mo.do.shi.

しょうひぜい
消費税　　消費税
sho.u.hi.ze.i.

めんぜいたいしょう
免税対象　　可退税商品
me.n.ze.i.ta.i.sho.u.

めんぜいたいしょうがい
免税対象外　　不能退税的商品
me.n.ze.i.ta.i.sho.u.ga.i.

レシート　　收據
re.shi.i.to.

がいこくこきゃく
外国顧客カウンター　　外國旅客服務中心
ga.i.ko.ku./ko.kya.ku./ka.u.n.ta.a.

兌換外幣

單字

りょうがえじょ
両替所　　外幣兌換處
ryo.u.ga.e./jo.

レート　　匯率
re.e.to.

たいわん
台湾ドル　　新台幣
ta.i.wa.n./do.ru.

ドル　　美元
do.ru.

にほんえん
日本円　　日圓
ni.ho.n.e.n.

こぜに
小銭　　零錢
ko.ze.ni.

いちまんえんさつ
一万円札　　萬元鈔
i.chi.ma.n.e.n./sa.tsu.

せんえんさつ
千円札　　千元鈔
se.n.e.n./sa.tsu.

ごせんえんさつ
五千円札　　五千元鈔
go.se.n.e.n./sa.tsu.

じどうがいかりょうがえき
自動外貨両替機　　自動匯兌機
ji.do.u.ga.i.ka./ryo.u.ga.e.ki.

訂退換貨

單字

返<ruby>品<rt>へんぴん</rt></ruby>　　退貨
he.n.pi.n.

<ruby>交換<rt>こうかん</rt></ruby>　　換貨
ko.u.ka.n.

<ruby>返金<rt>へんきん</rt></ruby>　　退錢
he.n.ki.n.

<ruby>弁償<rt>べんしょう</rt></ruby>　　賠償
be.n.sho.u.

<ruby>取<rt>と</rt></ruby>り<ruby>替<rt>か</rt></ruby>える　　換貨
to.ri.ka.e.ru.

<ruby>間違<rt>まちが</rt></ruby>って<ruby>購入<rt>こうにゅう</rt></ruby>　　買錯
ma.chi.ga.tte./ko.u.nyu.u.

<ruby>色違<rt>いろちが</rt></ruby>い　　不同顏色
i.ro.chi.ga.i.

<ruby>壊<rt>こわ</rt></ruby>れている　　壞了
ko.wa.re.te./i.ru.

寄送方式

單字

はいそう
配送　　寄貨
ha.i.so.u.

はいそうりょうきん　そうりょう
配送料金／送料　　郵資
ha.i.so.u.ryo.u.ki.n./so.u.ryo.u.

こくさいたくはいびん
国際宅配便　　國際宅配
ko.ku.sa.i.ta.ku.ha.i.bi.n.

かいがいはっそう
海外発送　　寄送到國外
ka.i.ga.i./ha.sso.u.

ゆうパック　　日本郵局便利箱
yu.u.pa.kku.

ホテルまで　　寄到飯店
ho.te.ru./ma.de.

ていけいがいゆうびん
定形外郵便　　規格外尺寸的郵件
te.i.ke.i.ga.i./yu.u.bi.n.

たくはいびん
宅配便　　宅配
ta.ku.ha.i.bi.n.

さがわきゅうびん
佐川急便　　佐川急便（宅配公司）
sa.ga.wa./kyu.u.bi.n.

クロネコ　　黑貓宅急便
ku.ro.ne.ko.

營業時間

單字

えいぎょうび
営業日　　　營業日
e.i.gyo.u.bi.

ていきゅうび
定休日　　　休假日
te.i.kyu.u.bi.

ねんじゅうむきゅう
年中無休　　　全年無休
ne.n.ju.u./mu.kyu.u.

えいぎょうじかん
営業時間　　　營業時間
e.i.gyo.u.ji.ka.n.

えいぎょうちゅう
営業中　　　營業中
e.i.gyo.u.chu.u.

じゅんびちゅう
準備中　　　準備中
ju.n.bi.chu.u.

やかんえいぎょう
夜間営業　　　晚上營業
ya.ka.n./e.i.gyo.u.

にじゅうよじかんえいぎょう
二十四時間営業　　　二十四小時營業
ni.ju.u.yo./ji.ka.n./e.i.gyo.u.

かいてんじかん
開店時間　　　開店時間
ka.i.te.n./ji.ka.n.

へいてんじかん
閉店時間　　　休息時間
he.i.te.n./ji.ka.n.

觀光景點

景點類型

單字

かんこう
観光スポット　　　觀光景點
ka.n.ko.u.su.po.tto.

かんこうち
観光地　　觀光勝地
ka.n.ko.u.chi.

こくりつこうえん
国立公園　　國家公園
ko.ku.ri.tsu.ko.u.e.n.

せかいぶんかいさん
世界文化遺産　　世界文化遺產
se.ka.i.bu.n.ka.i.sa.n.

れきしいさん
歴史遺産　　歷史古蹟
re.ki.shi.i.sa.n.

テーマパーク　　　主題樂園
te.e.ma.pa.a.ku.

しろ
お城　　城
o.shi.ro.

こと
古都　　古城
ko.to.

さんかんぶ
山間部　　山區
sa.n.ka.n.bu.

かいがんぶ
海岸部　　海岸地帶
ka.i.ga.n.bu.

日本主要世界遺産

單字

法隆寺　　　法隆寺
ほうりゅうじ
ho.u.ryu.u.ji.

姫路城　　　姫路城
ひめじじょう
hi.me.ji.jo.u.

白川郷／合掌造り　　　白川郷／合掌村
しらかわごう　がっしょうづくり
shi.ra.ka.wa.go.u./ga.ssho.u.zu.ku.ri.

原爆ドーム　　　廣島核爆紀念館
げんばく
ge.n.ba.ku./do.o.mu.

厳島神社　　　嚴島神社
いつくしまじんじゃ
i.tsu.ku.shi.ma./ju.n.ja.

日光　　　日光
にっこう
ni.kko.u.

琉　球　王国のグスク　　　琉球王國城址
りゅうきゅうおうこく
ryu.u.kyu.u./o.u.ko.ku.no./gu.su.ku.

紀伊山地　　　紀伊山地
きいさんち
i.i.sa.n.chi.

石見銀山遺跡　　　石見銀山遺跡
いわみぎんざんいせき
i.wa.mi.gi.n.za.n./i.se.ki.

平泉　　　平泉
ひらいずみ
hi.ra.i.zu.mi.

主要都市

單字

<ruby>札幌市<rt>さっぽろし</rt></ruby>　　札幌市
sa.ppo.ro.shi.

<ruby>仙台市<rt>せんだいし</rt></ruby>　　仙台市
se.n.da.i.shi.

<ruby>横浜市<rt>よこはまし</rt></ruby>　　橫濱市
yo.ko.ha.ma.shi.

<ruby>新潟市<rt>にいがたし</rt></ruby>　　新潟市
ni.i.ga.ta.shi.

<ruby>金沢市<rt>かなざわし</rt></ruby>　　金澤市
ka.na.za.wa.shi.

<ruby>長野市<rt>ながのし</rt></ruby>　　長野市
na.ga.no.shi.

<ruby>神戸市<rt>こうべし</rt></ruby>　　神戶市
ko.u.be.shi.

<ruby>福岡市<rt>ふくおかし</rt></ruby>　　福岡市
fu.ku.o.ka.shi.

<ruby>長崎市<rt>ながさきし</rt></ruby>　　長崎市
na.ga.sa.ki.shi.

<ruby>那覇市<rt>なはし</rt></ruby>　　那霸市
na.ha.shi.

日本主要景點

單字

はこだて
函館　　函館
ha.ko.da.te.

とうきょう
東京スカイツリー　　　東京晴空塔
to.u.kyo.u./su.ka.i.tsu.ri.i.

かみこうち
上高地　　　上高地
ka.mi.ko.u.chi.

たてやまくろべ
立山黒部　　　立山黒部
ta.te.ya.ma./ku.ro.be.

あそかざん
阿蘇火山　　　阿蘇火山
a.so.ka.za.n.

ふじさん
富士山　　　富士山
fu.ji.sa.n.

しらかみさんち
白神山地　　　白神山地
shi.ra.ka.mi./sa.n.ch.

やくしま
屋久島　　　屋久島
ya.ku.shi.ma.

おがさわらしょとう
小笠原諸島　　　小笠原諸島
o.ga.sa.wa.ra./sho.to.u.

しれとこ
知床　　　知床半島
shi.re.to.ko.

自然景觀─山景

單字

<ruby>崖<rt>がけ</rt></ruby>　　山崖
ka.ge.

<ruby>谷<rt>たに</rt></ruby>　　山谷
ta.ni.

<ruby>山脈<rt>さんみゃく</rt></ruby> / <ruby>高原<rt>こうげん</rt></ruby>　　山脈 / 高原
sa.n.mya.ku./ko.u.ge.n.

<ruby>高地<rt>こうち</rt></ruby>　　高地
ko.u.chi.

<ruby>丘<rt>おか</rt></ruby>　　山丘
o.ka.

<ruby>峠<rt>とうげ</rt></ruby>　　山嶺
to.u.ge.

<ruby>平野<rt>へいや</rt></ruby>　　平野
he.i.ya.

<ruby>盆地<rt>ぼんち</rt></ruby>　　盆地
bo.n.chi.

<ruby>火山<rt>かざん</rt></ruby>　　火山
ka.za.n.

<ruby>岩石<rt>がんせき</rt></ruby>　　岩石
ga.n.se.ki.

自然景觀─水景

單字

いけ
池　　　池
i.ke.

ないりくこ
内陸湖　　　內陸湖
na.i.ri.ku.ko.

ひょうがこ
氷河湖　　　冰河湖
hyo.u.ga.ko.

いずみ
泉　　　泉
i.zu.mi.

さんかくす
三角州　　　三角洲
sa.n.ka.ku.su.

オアシス　　　綠洲
o.a.shi.su.

しょうにゅうどう
鍾乳洞　　　鍾乳洞
sho.u.nyu.u./do.u.

ぬま
沼　　　沼澤
nu.ma.

うんが
運河　　　運河
u.n.ga.

ひょうがちけい
氷河地形　　　冰河地形
hyo.u.ga./chi.ke.i.

動物

單字

ねこ
猫　　　貓
ne.ko.

いぬ
犬　　　狗
i.nu.

うさぎ　　　兔子
u.sa.gi.

かめ
亀　　　烏龜
ka.me.

ひつじ
羊　　　羊
hi.tsu.ji.

うし
牛　　　牛
u.shi.

うま
馬　　　馬
u.ma.

さかな
魚　　　魚
sa.ka.na.

キリン　　　長頸鹿
ki.ri.n.

アルパカ　　　羊駝
a.ru.pa.ka.

昆蟲

單字

虫 <ruby>虫<rt>むし</rt></ruby>　蟲
mu.shi.

毛虫 <ruby>毛虫<rt>けむし</rt></ruby>　毛毛蟲
ke.mu.shi.

蝶 <ruby>蝶<rt>ちょう</rt></ruby>　蝴蝶
cho.u.

蜂 <ruby>蜂<rt>はち</rt></ruby>　蜜峰
ha.chi.

蚊 <ruby>蚊<rt>か</rt></ruby>　蚊子
ka.

ハエ　蒼蠅
ha.e.

てんとう虫 <ruby>虫<rt>むし</rt></ruby>　瓢蟲
te.n.to.u.mu.shi.

とんぼ　蜻蜓
to.n.bo.

カブトムシ　獨角仙
ka.bu.to.mu.shi.

鍬形虫 <ruby>鍬形虫<rt>くわがたむし</rt></ruby>　鍬形蟲
ku.wa.ga.ta.mu.shi.

植物

單字

花　花
ha.na.

草　草
ku.sa.

木　樹／木
ki.

森　森林
mo.ri.

バラ　玫瑰
ba.ra.

さくら　櫻花
sa.ku.ra.

ラベンダー　薰衣草
ra.be.n.da.a.

杉　杉樹
su.gi.

松　松
ma.tsu.

竹　竹
ta.ke.

温泉

単字

おんせんち
温泉地　　　　温泉
o.n.se.n.chi.

おんせんりょかん
温泉旅館　　　温泉旅館
o.n.se.n./ryo.ka.n.

おんせんりょうほう
温泉療法　　　温泉療法
o.n.se.n./ryo.u.ho.u.

おとこゆ
男湯　　　　男性專用浴場
o.to.ko./yu.

おんなゆ
女湯　　　　女性專用浴場
o.n.na.yu.

こんよく
混浴　　　男女混用浴場
ko.n.yo.ku.

ろてんぶろ
露天風呂　　　戶外溫泉
ro.te.n./bu.ro.

がんばんよく
岩盤浴　　　岩盤浴
ga.n.ba.n.yo.ku.

あしゆ
足湯　　　足湯（只泡腳）
a.shi.yu.

せんとう
銭湯　　　公共澡堂
se.n.to.u.

著名温泉

單字

<ruby>草津温泉<rt>くさつおんせん</rt></ruby>　　草津溫泉（群馬）
ku.sa.tsu./o.n.se.n.

<ruby>登別温泉<rt>のぼりべつおんせん</rt></ruby>　　登別溫泉（北海道）
no.bo.ri.be.tsu./o.n.se.n.

<ruby>由布院温泉<rt>ゆふいんおんせん</rt></ruby>　　由布院溫泉（大分）
yu.fu.i.n./o.n.se.n.

<ruby>黒川温泉<rt>くろかわおんせん</rt></ruby>　　黑川溫泉（熊本）
ku.ro.ka.wa./o.n.se.n.

<ruby>指宿温泉<rt>いぶすきおんせん</rt></ruby>　　指宿溫泉（鹿兒島）
i.bu.su.ki./o.n.se.n.

<ruby>下呂温泉<rt>げろおんせん</rt></ruby>　　下呂溫泉（岐阜）
ge.ro./o.n.se.n.

<ruby>道後温泉<rt>どうごおんせん</rt></ruby>　　道後溫泉（愛媛）
do.u.go./o.n.se.n.

<ruby>有馬温泉<rt>ありまおんせん</rt></ruby>　　有馬溫泉（兵庫）
a.ri.ma./o.n.se.n.

<ruby>別府八湯<rt>べっぷはちゆ</rt></ruby>　　別府八湯（大分）
be.ppu./ha.chi.u.

<ruby>城崎温泉<rt>きのさきおんせん</rt></ruby>　　城崎溫泉（兵庫）
ki.no.sa.ki./o.n.se.n.

主要設施—戶外

單字

どうぶつえん
動物園　　　動物園
do.u.bu.tsu.e.n.

サファリ　　野生動物園
sa.fa.ri.

しょくぶつえん
植物園　　　植物園
sho.ku.bu.tsu.e.n.

リゾート　　渡假樂園
ri.zo.o.to.

ゆうえんち
遊園地　　　遊樂園
yu.u.e.n.chi.

かいすいよくじょう
海水浴場　　海水浴場
ka.i.su.i.yo.ku.jo.u.

スキー場　　滑雪場
su.ki.i.jo.u.

りょくち
緑地　　　緑地
ryo.ku.chi.

フラワーテーマパーク　　花卉主題公園
fu.ra.wa.a./te.e.ma./pa.a.ku.

てんぼうだい
展望台　　　展望台
te.n.bo.u.da.i.

主要設施─室內

單字

はくぶつかん
博物館　　博物館
ha.ku.bu.tsu.ka.n.

びじゅつかん
美術館　　美術館
bi.ju.tsu.ka.n.

かがくかん
科学館　　科學館
ka.ga.ku.ka.n.

てつどうはくぶつかん
鉄道博物館　　鐵路博物館
te.tsu.do.u./ha.ku.bu.tsu.ka.n.

れきしはくぶつかん
歴史博物館　　歷史博物館
re.ki.shi./ha.ku.bu.tsu.ka.n.

じょう
アイススケート場　　滑冰場
a.i.su./su.ke.e.to./jo.u.

やかたぶね
屋形船　　屋形船
ya.ka.ta./bu.ne.

クルージング　　郵輪旅行
ku.ru.u.ji.n.gu.

こうじょうけんがく
工場見学　　工場參觀
ko.u.jo.u.ke.n.ga.ku.

ギャラリー　　畫廊／藝廊
gya.ra.ri.i.

著名公園

單字

こうきょがいえん
皇居外苑　　東京皇居外苑
ko.u.kyo./ga.i.e.n.

しんじゅくぎょえん
新宿御苑　　新宿御苑
shi.n.ju.ku./gyo.e.n.

きょうとぎょえん
京都御苑　　京都御苑
kyo.u.to./gyo.e.n.

おおどおりこうえん
大通公園　　札幌市大通公園
o.o.do.o.ri./ko.u.e.n.

ひさやおおどおりこうえん
久屋大通公園　　名古屋市久屋大通公園
hi.sa.ya./o.o.do.o.ri./ko.u.e.n.

やましたこうえん
山下公園　　横濱市山下公園
ya.ma.shi.ta./ko.u.e.n.

うえのおんしこうえん
上野恩賜公園　　東京上野恩賜公園
u.e.no./o.n.shi./ko.u.e.n.

けんろくえん
兼六園　　金澤兼六園
ke.n.ro.ku.e.n.

な　ら　こうえん
奈良公園　　奈良公園
na.ra./ko.u.e.n.

おきなわきねんこうえん
沖縄記念公園　　沖縄紀念公園
o.ki.na.wa./ki.ne.n./ko.u.e.n.

著名遊樂園

單字

東京ディズニーリゾート　　　東京迪士尼
to.u.kyo.u./di.zu.ni.i./ri.zo.o.to.

ユニバーサル・スタジオ・ジャパン／USJ

大阪環球影城
yu.ni.ba.a.sa.ru.su.ta.ji.o.ja.pa.n./yu.e.su.je.

富士急ハイランド　　富士急 HIGHLAND 樂園
fu.ji.kyu.u./ha.i.ra.n.do.

よみうりランド　　　讀賣樂園
yo.mi.u.ri.ra.n.do.

サンリオピューロランド　　三麗鷗彩虹樂園
sa.n.ri.o./pyu.u.ro./ra.n.do.

ナガシマスパーランド　　　長島樂園
na.ga.shi.ma./su.pa.a./ra.n.do.

八景島シーパラダイス

八景島 SEAPARADISE 海島樂園
ha.kke.i.ji.ma./shi.i./pa.ra.da.i.su.

キッザニア東京

KIDZANIATOKYO 職業體驗任意城
ki.zza.ni.a./to.u.kyo.u.

遊樂設施

單字

アトラクション／乗り物　　遊樂設施
<ruby>乗<rt>の</rt></ruby>り<ruby>物<rt>もの</rt></ruby>
a.to.ra.ku.sho.n./no.ri.mo.no.

絶叫マシン　　刺激的遊樂設施
<ruby>絶叫<rt>ぜっきょう</rt></ruby>
ze.kkyo.u./ma.shi.n.

パレード　　遊行
pa.re.e.do.

ショー　　秀
sho.o.

お化け屋敷　　鬼屋
お<ruby>化<rt>ば</rt></ruby>け<ruby>屋敷<rt>やしき</rt></ruby>
o.ba.ke./ya.shi.ki.

ジェットコースター　　雲霄飛車
je.tto./ko.o.su.ta.a.

フリーフォール　　自由落體
fu.ri.i./fo.o.ru.

メリーゴーランド　　旋轉木馬
me.ri.i./go.o.ra.n.do.

観覧車　　摩天輪
<ruby>観覧車<rt>かんらんしゃ</rt></ruby>
ka.n.ra.n.sha.

コーヒーカップ　　咖啡杯
ko.o.hi.i./ka.ppu.

門票、簡介

單字

入場券 <ruby>入場券<rt>にゅうじょうけん</rt></ruby>　　入場券
nyu.u.jo.u.ke.n.

クーポン<ruby>券<rt>けん</rt></ruby>　　優惠券
ku.u.po.n.ke.n.

<ruby>割引券<rt>わりびきけん</rt></ruby>　　折價券
wa.ri.bi.ki.ke.n.

ファストパス　　快速通行證
fa.su.to./pa.su.

<ruby>年間<rt>ねんかん</rt></ruby>パスポート　　年票
ne.n.ka.n./pa.su.po.o.to.

<ruby>共通<rt>きょうつう</rt></ruby>パスポート　　聯合票券
kyo.u.tsu.u./pa.su.po.o.to.

<ruby>共通<rt>きょうつう</rt></ruby>チケット　　聯合票券
kyo.u.tsu.u./chi.ke.tto.

<ruby>半券<rt>はんけん</rt></ruby>　　票根
ha.n.ke.n.

パンフレット　　簡介
pa.n.fu.re.tto.

マップ　　地圖
ma.ppu.

旅客中心

單字

ウェルカムセンター　　　迎賓中心
u.e.ru.ka.mu./se.n.ta.a.

サービスカウンター　　　服務中心
sa.a.bi.su./ka.u.n.ta.a.

そうごうあんないしょ
総合案内所

綜合服務中心（也可說案内所）
so.u.go.u./a.n.na.i./sho.

ゲストサービス　　　顧客服務
ge.su.to./sa.a.bi.su.

ベビーセンター　　　育嬰室
be.bi.i./se.n.ta.a.

が　　だい
おむつ替え台　　　尿布更換台
o.mu.tsu./ga.e.da.i.

まいご
迷子　　　和家人走散、迷路
ma.i.go.

きゅうごしつ
救護室　　　醫務室
kyu.u.go./shi.tsu.

たくはい
宅配サービス　　　宅配服務
ta.ku.ha.i./sa.a.bi.su.

きんきゅうれんらく
緊急連絡　　　緊急聯絡
ki.n.kyu.u./re.n.ra.ku.

祭典

單字

お祭り
<ruby>祭<rt>まつ</rt></ruby>
o.ma.tsu.ri.
祭典／慶典

<ruby>神楽<rt>かぐら</rt></ruby>
ka.gu.ra.
慶典時的歌舞

<ruby>獅子舞<rt>ししまい</rt></ruby>
shi.shi./ma.i.
獅子舞

<ruby>盆踊り<rt>ぼんおど</rt></ruby>
bo.n.o.do.ri.
盂蘭盆舞

<ruby>神輿<rt>みこし</rt></ruby>
mi.ko.shi.
神轎

<ruby>太鼓台<rt>たいこだい</rt></ruby>
ta.i.ko.da.i.
太鼓台

<ruby>山車<rt>だし</rt></ruby>
da.sh.
祭台／有豪華裝飾的手推祭車

<ruby>行列<rt>ぎょうれつ</rt></ruby>
gyo.u.re.tsu.
遊行

<ruby>浴衣<rt>ゆかた</rt></ruby>
yu.ka.ta.
夏日和服

ハッピ
pa.ppi.
（法被）祭典時穿的短上衣

寺廟神社

單字

じんじゃ
神社　　神社
ji.n.ja.

とりい
鳥居　　鳥居（象徵神的牌坊）
to.ri.i.

さんどう
参道　　參拜道路
sa.n.do.u.

ちょうずしゃ
手水舎　　洗手處
cho.u.zu.sha.

さいせんばこ
賽銭箱　　香油錢箱
sa.i.se.n.ba.ko.

てら
寺　　寺廟
te.ra.

ぼう
お坊さん　　僧侶
o.bo.u./sa.n.

おみくじ　　求籤／籤
o.mi.ku.ji.

やくばら
厄祓い　　除厄
ya.ku./ba.ra.i.

はつもうで
初詣　　每年第一次參拜
ha.tsu.mo.u.de.

天文宇宙

單字

てんたいかんそく
天体観測　　觀星
te.n.ta.i./ka.n.so.ku.

そうがんきょう／ぼうえんきょう
双眼鏡／望遠鏡　　望遠鏡
so.u.ga.n.kyo.u./bo.u.e.n.kyo.u.

てんもんがく
天文学　　天文學
te.n.mo.n./ga.ku.

てんもんだい
天文台　　天文台
te.n.mo.n./da.i.

てんたいぼうえんきょう
天体望遠鏡　　天文望遠鏡
te.n.ta.i./bo.u.e.n./kyo.u.

プラネタリウム　　星象儀
pu.ra.ne.ta.ri.u.mu.

わくせい
惑星　　行星
wa.ku.se.i.

すいせい
彗星　　慧星
su.i.se.i.

こうせい
恒星　　恆星
ko.u.se.i.

りゅうせい
流星　　流星
ryu.u.se.i.

四季景色

單字

さくら　　　櫻花（春）
sa.ku.ra.

しんりょく
新緑　　　新綠（春）
shi.n.ryo.ku.

えんてんか
炎天下　　　燠熱（夏）
e.n.te.n.ka.

せみしぐれ
蝉時雨　　　蟬鳴（夏）
se.mi.shi.gu.re.

こうよう
紅葉シーズン　　　楓紅的季節（秋）
ko.u.yo.u./shi.i.zu.n.

ゆきげしき
雪景色　　　雪景（冬）
yu.ki.ge.shi.ki.

ふゆが
冬枯れ　　　枯林（冬）
fu.yu.ga.re.

ひ　て
日の出　　　日出
hi.no.de.

ゆうぐれ
夕暮　　　日暮
yu.gu.re.

ゆうひ　ゆうや
夕日／夕焼け　　　夕陽
yu.u.hi./yu.u.ya.ke.

四季主要活動

單字

お花見　　　賞櫻花
はなみ
o.ha.na.mi.

花火大会　　　煙火大會
はなびたいかい
ha.na.bi./ta.i.ka.i.

キャンプ　　　露營
kya.n.pu.

海水浴　　　去海邊
かいすいよく
ka.i.su.i.yo.ku.

海開き　　　海水浴場開放
うみびら
u.mi.bi.ra.ki.

紅葉狩り　　　賞楓
もみじが
mo.mi.ji.ga.ri.

散策　　　散歩
さんさく
sa.n.sa.ku.

スキー　　　滑雪
su.ki.i.

行楽地　　　休閒地
こうらくち
ko.u.ra.ku.chi.

賞櫻景點

單字

めぐろがわ
目黒川　　　東京目黒川
me.gu.ro.ga.wa.

りくぎえん
六義園　　　東京六義園
ri.ku.gi.e.n.

だいごじ
醍醐寺　　　京都醍醐寺
da.i.go.ji.

ひらのじんじゃ
平野神社　　　京都平野神社
hi.ra.no./ji.n.ja.

かわづざくら
河津桜　　　靜岡河津櫻
ka.wa.zu./za.ku.ra.

ちどりがふちりょくどう
千鳥ヶ淵緑道　　　東京千鳥之淵綠林道
chi.do.ri.ga.bu.chi./ryo.ku.do.u.

もとりきゅうにじょうじょう
元離宮二条城　　　京都元離宮二條城
mo.to.ri.kyu.u./ni.jo.u.jo.u.

たかとおじょうしこうえん
高遠城址公園　　　長野高遠城址公園
ta.ka.to.o.jo.u.shi./ko.u.e.n.

み　いけこうえん
三ツ池公園　　　神奈川三池公園
mi.tsu.i.ke./ko.u.e.n.

おおさかじょうこうえん
大阪城公園　　　大阪城公園
o.o.sa.ka.jo.u./ko.u.e.n.

賞楓景點

單字

めいじじんぐうがいえん
明治神宮外苑　　東京明治神宮外苑
me.i.ji./ji.n.gu.u./ga.i.e.n.

こうらんけい
香嵐渓　　愛知縣香嵐渓
ko.u.ra.n.ke.i.

あらしやま
嵐山　　京都嵐山
a.ra.shi.ya.ma.

きよみずでら
清水寺　　京都清水寺
ki.yo.mi.zu./te.ra.

かわくちこはん
河口湖畔　　山梨縣河口湖畔
ka.ko.u.ko.ha.n.

たかおさん
高尾山　　東京高尾山
ta.ka.o.sa.n.

つるおかはちまんぐう
鶴岡八幡宮　　鎌倉鶴岡八審宮
tsu.ru.o.ka./ha.chi.ma.n.gu.u.

にっこう　　　　ざか
日光いろは坂　　栃木縣日光伊呂波山道
ni.kko.u./i.ro.ha./za.ka.

な　す　こうげん
那須高原　　栃木那須高原
na.su./ko.u.ge.n.

たかちほきょう
高千穂峡　　宮崎高千穂峡谷
ta.ka.chi.ho./kyo.u.

滑雪景點

單字

長野県 <small>ながのけん</small>　　長野縣
na.ga.no./ke.n.

新潟県 <small>にいがたけん</small>　　新潟縣
ni.i.ga.ta./ke.n.

山形県 <small>やまがたけん</small>　　山形縣
ya.ma.ga.ta./ke.n.

苗場スキー場 <small>なえば</small><small>じょう</small>　　　新潟苗場滑雪場
na.e.ba./su.ki.i.jo.u.

志賀高原スキー場 <small>しがこうげん</small><small>じょう</small>　　　長野志賀高原滑雪場
shi.ga./ko.u.ge.n./su.ki.i.jo.u.

ルスツリゾート

北海道 RUSUTSU 滑雪渡假村
ru.su.tsu./ri.zo.o.to.

白馬八方尾根スキー場 <small>はくばはっぽうおね</small>

長野白馬八方尾根滑雪場
ha.ku.ba./ha.ppo.u./o.ne./su.ki.i./jo.u.

山形蔵王温泉スキー場 <small>やまがたざおうおんせん</small><small>じょう</small>

山形藏王溫泉滑雪場
ya.ma.ga.ta./za.o.u./o.n.se.n./su.ki.i.jo.u.

野沢温泉スキー場 <small>のざわおんせん</small><small>じょう</small>　　長野野澤溫泉滑雪場
no.za.wa./o.n.se.n./su.ki.i./jo.u.

滑雪配備

單字

ウィンタースポーツ　　　冬季運動
wi.n.ta.a./su.po.o.tsu.

スキー板　　滑雪板
su.ki.i./i.ta.

スキーブーツ　　滑雪靴
su.ki.i./bu.u.tsu.

ゴーグル　　護目鏡
go.o.gu.ru.

スキーウェア　　滑雪裝
su.ki.i./we.a.

ヘルメット　　安全帽
he.ru.me.tto.

スキーグローブ　　滑雪手套
su.ki.i./gu.ro.o.bu.

スノーボード　　滑雪板
su.no.o./bo.o.do.

ゲレンデ　　練習場
ge.re.n.de.

リフト　　索道／簡易纜車
ri.fu.to.

登山露營

單字

とざん
登山　　登山
to.za.n.

ハイキング　　健行
ha.i.ki.n.gu.

キャンプ場　　露營場
kya.pu.jo.u.

すいじば
炊事場　　炊事亭
su.i.ji.ba.

タープ　　棚子
ta.a.pu.

テント　　帳篷
te.n.to.

バーベキュー　　烤肉
ba.a.be.kyu.u.

ピクニック　　野餐
pi.ku.ni.kku.

とざん
登山リュック　　登山包
to.za.n./ryu.kku.

レジャーシート　　野餐塾
re.ja.a./shi.i.to.

拍照

單字

記念写真　　　紀念照
ki.ne.n./sha.shi.n.

団体写真　　　團體照
da.n.ta.i./sha.shi.n.

旅行写真　　　旅遊照
ryo.ko.u./sha.shi.n.

グルメ写真　　美食照
gu.ru.me./sha.shi.n.

風景写真　　　風景照
fu.u.ke.i./sha.shi.n.

ツーショット　　　兩人合照
tsu.u./sho.tto.

はい、チーズ　　來，笑一個（按快門時説）
ha.i./chi.i.zu.

シャッター　　　快門
sha.tta.a.

撮っていいですか　　可以拍嗎
to.tte./i.i.de.su.ka.

撮ってくれませんか　　可以幫我拍嗎
to.tte./ku.re.ma.se.n.ka.

導覽

單字

旅行案内／観光ガイド　観光指南／導遊
りょこうあんない　かんこう
ryo.ko.u.a.n.na.i./ka.n.ko.u.ga.i.do.

通訳案内　當地導遊（精通中日文）
つうやくあんない
tsu.u.ya.ku./a.n.na.i.

案内人／案内係　導遊
あんないにん　あんないがかり
a.n.na.i.ni.n./a.n.na.i.ga.ka.ri.

観光ボランティアガイド　観光導覽志工
かんこう
ka.n.ko.u./bo.ra.n.ti.a./ga.i.do.

山岳ガイド　山區導遊
さんがく
sa.n.ga.ku./ga.i.do.

バスツアーガイド　巴士旅遊導遊
ba.su.tsu.a.a./ga.i.do.

見学　見習
けんがく
ke.n.ga.ku.

音声ガイド　語音導覽
おんせい
o.n.se.i./ga.i.do.

音声ガイドアプリ　語音導覽 APP
おんせい
o.n.se.i./ga.i.do./a.pu.ri.

カーナビ　衛星導航
ka.a.na.bi.

紀念品種類

單字

お土産　　　名産
<ruby>お土産<rt>みやげ</rt></ruby>
o.mi.ya.ge.

キーホルダー　　　鑰匙圈
ki.i./ho.ru.da.a.

ポストカード　　　明信片
po.su.to./ka.a.do.

土産菓子　　　當地零食
<ruby>土産菓子<rt>みやげがし</rt></ruby>
mi.ya.ge./ga.shi.

工芸品　　　工藝品
<ruby>工芸品<rt>こうげいひん</rt></ruby>
ko.u.ge.i.hi.n.

特産物　　　當地特産
<ruby>特産物<rt>とくさんぶつ</rt></ruby>
to.ku.sa.n.bu.tsu.

置物　　　擺飾品
<ruby>置物<rt>おきもの</rt></ruby>
o.ki.mo.no.

限定商品　　　限定商品
<ruby>限定商品<rt>げんていしょうひん</rt></ruby>
ge.n.te.i./sho.u.hi.n.

ゆるキャラグッズ　　　當地吉祥物商品
yu.ru.kya.ra./gu.zzu.

ご当地グルメ　　　當地美食
<ruby>ご当地<rt>とうち</rt></ruby>グルメ
go.to.u.chi.gu.ru.me.

旅遊方式

單字

こくないりょこう
国内旅行　　　國內旅行
ko.ku.na.i./ryo.ko.u.

かいがいりょこう
海外旅行　　　國外旅行
ka.i.ga.i./ryo.ko.u.

ひとりたび
一人旅　　　獨自一人旅行
hi.to.ri.ta.bi.

しゃいんりょこう
社員旅行　　　員工旅遊
sha.i.n./ryo.ko.u.

りょこう　　だんたいりょこう
グループ旅行／団体旅行　　　參加旅行團
gu.ru.u.pu.ryo.ko.u./da.n.ta.i.ryo.ku.u.

バスツアー　　　巴士觀光團
ba.su.tsu.a.a.

てつどうりょこう
鉄道旅行　　　乘火車進行的旅行
te.tsu.do.u./ryo.ko.u.

おんせんりょこう
温泉旅行　　　溫泉旅行
o.n.se.n./ryo.ko.u.

ひ がえ　　りょこう
日帰り旅行　　　單天來回的旅行
hi.ga.e.ri./ryo.ko.u.

しんこんりょこう
新婚旅行　　　蜜月旅行
shi.n.ko.n./ryo.ko.u.

持ち歩き
トラベル日本語単語帳

流行時尚

服飾

單字

紳士服／メンズ 男裝
shi.n.shi.fu.ku./me.n.zu.

婦人服／レディース 女裝
fu.ji.n.fu.ku./re.di.i.su.

子供服／キッズ 童裝
ko.do.mo.fu.ku./ki.zzu.

トップス 上衣
to.ppu.su.

ボトムス 褲／裙
bo.to.mu.su.

インナー／肌着 貼身衣物
i.n.na.a./ha.da.gi.

パジャマ 睡衣
pa.ja.ma.

レインウェア 雨具／雨天穿著
re.i.n./we.a.

コート 外套
ko.o.to.

エプロン 圍裙
e.pu.ro.n.

尺寸大小

單字

サイズ　　　尺碼
sa.i.zu.

Lサイズ　　　大號
e.ru.sa.i.zu.

Mサイズ　　　中號
e.mu.sa.i.zu.

Sサイズ　　　小號
e.su.sa.i.zu.

XLサイズ　　　特大號
e.kku.su./e.ru./sa.i.zu.

XSサイズ　　　特小號
e.kku.su./e.su./sa.i.zu.

ひとまわ おお
一回り大きい　　　大一號
hi.to.ma.wa.ri./o.o.ki.i.

ひとまわ ちい
一回り小さい　　　小一號
hi.to.ma.wa.ri./chi.i.sa.i.

おお
大きいサイズ　　　大尺碼
o.o.ki.i./sa.i.zu.

ちい
小さいサイズ　　　小尺碼
chi.i.sa.i./sa.i.zu.

服飾部位

單字

襟
e.ri.
領子

裾
su.so.
下擺／末端

袖
so.de.
袖子

胸ポケット
mu.ne./po.ke.tto.
胸口口袋

ボタン
bo.ta.n.
鈕釦

袖口ボタン
so.de.gu.chi./bo.ta.n.
袖口鈕釦

ファスナー
fa.su.na.a.
拉鏈

マジックテープ
ma.ji.kku./te.e.pu.
魔鬼貼

柄
ga.ra.
花樣

裏地
u.ra.ji.
襯裡

休閒服飾

單字

ルームウェア　　居家服
ru.u.mu./we.a.

T シャツ　　T恤
ti.sha.tsu.

ポロシャツ　　POLO衫
po.ro./sha.tsu.

カジュアルウェア　　休閒服
ka.ju.a.ru./we.a.

トレーナー　　運動休閒服
to.re.e.na.a.

チュニック　　長版衣
chu.ni.kku.

タンクトップ　　坦克背心
ta.n.ku./to.ppu.

チューブトップ　　無肩帶小可愛
chu.u.bu./to.ppu.

ウォーキングウェア　　健走服
wo.o.ki.n.gu./we.a.

トレーニングウェア　　暖身衣
to.re.e.ni.n.gu./we.a.

正式服装

單字

スーツ　　　西裝／套裝
su.u.tsu.

シャツ　　　襯衫
sha.tsu.

ベスト　　　背心
be.su.to.

ドレス　　　晚禮服
do.re.su.

ネクタイ　　　領帶
ne.ku.ta.i.

蝶^{ちょう}ネクタイ　　　領結
cho.u./ne.ku.ta.i.

ネクタイピン　　　領帶夾
ne.ku.ta.i.pi.n.

タキシード　　　燕尾服
ta.ki.shi.i.do.

レディーススーツ　　　女性套裝
re.di.i.su./su.u.tsu.

ポケットチーフ　　　西裝口袋手帕
po.ke.tto./chi.i.fu.

上衣種類

單字

アウター　　　外套
a.u.ta.a.

ダウンコート　　　羽絨外套
da.u.n.ko.o.to.

ジャケット　　　夾克
ja.ke.tto.

パーカー　　　連帽薄外套
pa.a.ka.a.

トレンチコート　　　風衣
to.re.n.chi./ko.o.to.

マント　　　披風
ma.n.to.

ブラウス　　　罩衫／女上衣
bu.ra.u.su.

カーディガン　　　羊毛衫
ka.a.di.ga.n.

セーター　　　毛衣
se.e.ta.a.

ハイネック　　　高領
ha.i.ne.kku.

褲子種類

單字

ズボン　　　褲子
zu.bo.n.

ロングパンツ　　　長褲
ro.n.gu.pa.n.tsu.

カプリパンツ　　　七分褲
ka.pu.ri.pa.n.tsu.

クロップドパンツ　　　褲裙
ku.ro.ppu.do.pa.n.tsu.

ショートパンツ　　　短褲
sho.o.to.pa.n.tsu.

サロペット　　　連身褲
sa.ro.pe.tto.

レギンス　　　內搭褲
re.gi.n.su.

ヒッコリーパンツ　　　寬鬆的長褲
hi.kko.ri.i./pa.n.tsu.

ジーンズ　　　牛仔褲
ji.i.n.zu.

スウェットパンツ　　　棉質運動褲
su.we.tto./pa.n.tsu.

裙子種類

單字

スカート　　　裙子
su.ka.a.to.

スカートスーツ　　　套裝（裙裝）
su.ka.a.to.su.u.tsu.

タイトスカート　　　窄裙
ta.i.to.su.ka.a.to.

セミタイトスカート　　　A字裙
se.mi./ta.i.to./su.ka.a.to.

ミニスカート　　　迷你裙
mi.ni.su.ka.a.to.

ロングスカート　　　長裙
ro.n.gu.su.ka.a.to.

ワンピース　　　連身裙
wa.n.pi.i.su.

フレアスカート　　　多片裙
fu.re.a./su.ka.a.to.

ギャザースカート　　　褶裙
gya.za.a./su.ka.a.to.

ティアードスカート　　　階層裙
ti.a.a.do./su.ka.a.to.

鞋子種類

單字

ペタンコ靴 平底鞋
pe.ta.n.ko.gu.tsu.

ハイヒール 高跟鞋
ha.i.hi.i.ru.

ブーツ 靴子
bu.u.tsu.

ロングブーツ 長靴
ro.n.gu./bu.u.tsu.

サンダル 涼鞋
sa.n.da.ru.

パンプス 淺口便鞋／娃娃鞋
pa.n.pu.su.

カジュアルシューズ 休閒鞋
ka.ju.a.ru.shu.u.zu.

レインブーツ 雨鞋
re.i.n./bu.u.tsu.

革靴 皮鞋
ka.wa.gu.tsu.

インソール 鞋墊
i.n.so.o.ru.

襪子種類

單字

くつした
靴下　　　襪子
ku.tsu.shi.ta.

ルームソックス　　　室內襪
ru.u.mu.so.kku.su.

ニーソックス　　　及膝襪
ni.i./so.kku.su.

オーバーザニー　　　膝上襪
o.o.ba.a./za./ni.i.

スリークォーターソックス

　　　　　　　　　長度到小腿肚的襪子
su.ri.i./ko.o.ta.a./so.kku.su.

カバーソックス　　　隱形襪
ka.ba.a./so.kku.su.

アンクレット　　　短襪
a.n.ku.re.tto.

タイツ　　　褲襪
ta.i.tsu.

ストッキング　　　絲襪
su.to.kki.n.gu.

ごほんゆび
五本指ソックス　　　五指襪
go.ho.n./yu.bi./so.kku.su.

衣服材質

單字

シルク　　　絲
shi.ru.ku.

綿　　　綿
me.n.

麻　　　麻
a.sa.

リンネル　　　亞麻
ri.n.ne.ru.

カシミア　　　喀什米爾羊毛
ka.shi.mi.a.

ウール　　　羊毛
u.u.ru.

毛皮　　　皮草
ke.ga.wa.

レーヨン　　　嫘縈
re.e.yo.n.

ナイロン　　　尼龍
na.i.ro.n.

ポリエステル　　　聚脂纖維
po.ri.e.su.te.ru.

衣服修改

単字

すんぽうなお
寸法直し　　　修改
su.n.po.u./na.o.shi.

そで　つ
袖を詰める　　　袖子改短
so.de.o./tsu.me.ru.

かたはば　つ
肩幅を詰める　　　肩寛改小
ka.ta.ha.ba.o./tsu.me.ru.

わたし
私のサイズに合わせる　　　改成我的尺寸
wa.ta.shi.no./sa.i.zu.ni./a.wa.se.ru.

すそあ
裾上げ　　　（褲子）改短
su.so.a.ge.

ウエストをゆるくする　　　腰圍放寬
u.e.su.to.o./yu.ru.ku./su.ru.

みじか
短くする　　　改短
mi.ji.ka.ku./su.ru.

なが
長くする　　　增長
na.ga.ku./su.ru.

うち
内ポケットを付ける　　　縫內口袋
u.chi./po.ke.tto.o./tsu.ke.ru.

なまえ　い
名前を入れる　　　印上名字
na.ma.e.o./i.re.ru.

訂製衣服

單字

オーダーメイド　　訂製
o.o.da.a./me.i.do.

かたはば
肩幅　　肩寛
ka.ta.ha.ba.

ウエスト　　腰圍
u.e.su.to.

そうたけ
総丈　　總長
so.u.ta.ke.

うわぎたけ
上着丈　　上衣長
u.wa.gi./ta.ke.

そでたけ
袖丈　　袖長
so.de.ta.ke.

きょうい
胸囲　　胸圍
kyo.u.i.

しりまわ
尻回り　　臀圍
shi.ri.ma.wa.ri.

たけ
ズボン丈　　褲長
zu.bo.n.ta.ke.

またした
股下　　褲襠到褲腳的長度
ma.ta.shi.ta.

穿戴配件

帽子
ぼうし
帽子 帽子
bo.u.shi.

ニット帽子
ぼうし
毛線帽
ni.tto.bo.u.shi.

ハット 有帽沿的帽子
ha.tto.

キャップ 棒球帽
kya.ppu.

バンダナ 頭巾
ba.n.da.na.

マフラー 圍巾
ma.fu.ra.a.

ストール 領巾／絲巾
su.to.o.ru.

スカーフ 領巾／絲巾
su.ka.a.fu.

ネックウォーマー 脖圍
ne.kku.wo.o.ma.a.

ベルト 皮帶
be.ru.to.

手拿配件

單字

かばん　　　包包（男女通用）
ka.ba.n.

スーツケース　　　行李箱／公事包
su.u.tsu.ke.e.su.

財布　　　皮夾
sa.i.fu.

ハンドバッグ　　　女用手拿包
ha.n.do.ba.ggu.

ポーチ　　　化妝包
po.o.chi.

ショルダー　　　肩背包
sho.ru.da.a.

セカンドバッグ　　　男用手拿包
se.ka.n.do./ba.ggu.

傘　　　傘／雨傘
ka.sa.

日傘　　　陽傘
hi.ga.sa.

折りたたみ傘　　　折傘
o.ri.ta.ta.mi./ga.sa.

隨身小物

單字

メガネ　　　眼鏡
me.ga.ne.

サングラス　　　太陽眼鏡
sa.n.gu.ra.su.

ハンカチ　　　手帕
ha.n.ka.chi.

<ruby>爪切<rt>つめき</rt></ruby>り　　　指甲刀
tsu.me.ki.ri.

<ruby>鏡<rt>かがみ</rt></ruby>　　　鏡子
ka.ga.mi.

<ruby>名刺入<rt>めいしい</rt></ruby>れ　　　名片夾
me.i.shi./i.re.

<ruby>小銭入<rt>こぜにい</rt></ruby>れ　　　零錢包
ko.ze.ni./i.re.

ヘアクリップ　　　鯊魚夾
he.a.ku.ri.ppu.

ヘアゴム　　　綁頭髮的橡皮筋
he.a.go.mu.

<ruby>腕時計<rt>うでどけい</rt></ruby>　　　手錶
u.de.do.ke.i.

珠寶首飾

單字

アクセサリー　　首飾、配件
a.ku.se.sa.ri.i.

指輪／リング　　戒指
ゆびわ
yu.bi.wa./ri.n.gu.

ペアリング　　對戒
pe.a.ri.n.gu.

ネックレス　　項鍊
ne.kku.re.su.

ピアス／イヤリング　　耳環
pi.a.su./i.ya.ri.n.gu.

ブレスレット　　手環
bu.re.su.re.tto.

ブローチ　　胸針
bu.ro.o.chi.

バングル　　手鐲
ba.n.gu.ru.

ダイヤモンド　　鑽石
da.i.ya.mo.n.do.

パール　　珍珠
pa.a.ru.

美容用電器

單字

美容家電
びょうかでん
bi.yo.u./ka.de.n.
美容電器用品

健康家電
けんこうかでん
ke.n.ko.u./ka.de.n.
健康電器用品

電気カミソリ
でんき
de.n.ki.ka.mi.so.ri.
電動刮鬍刀

電気脱毛器
でんきだつもうき
de.n.ki.da.tsu.mo.u.ki.
電動除毛機

電動シェイバー
でんどう
de.n.do.u.she.i.ba.a.
電動刮鬍刀、電動除毛刀

目もとエステ
め
me.mo.to./e.su.te.
眼部護理機

スチーマー
su.chi.i.ma.a.
蒸臉器

エステローラー
e.su.te./ro.o.ra.a.
臉部緊緻按摩器

毛穴エステ
けあな
ke.a.na./e.su.te.
超音波毛孔美容器

超音波美容器
ちょうおんぱびようき
cho.u.o.n.pa./bi.yo.u.ki.
超音波美容器

膚質

單字

肌荒れ　　　皮膚乾燥
ha.da.a.re.

美肌　　　膚質很好
bi.ha.da.

張りのある肌　　　有彈力的肌膚
ha.ri.no.a.ru./ha.da.

くすみ　　　黑斑／暗沉
ku.su.mi.

しみ　　　斑
shi.mi.

オイリー肌　　　油性膚質
o.i.ri.i.ha.da.

ドライ肌　　　乾性膚質
do.ra.i.ha.da.

混合肌　　　混合性膚質
ko.n.go.u.ha.da.

敏感肌　　　敏感型膚質
bi.n.ka.n.ha.da.

すっぴん　　　沒化妝／素顏
su.ppi.n.

臉部美妝

單字

BB クリーム　　　BB 霜
bi.bi./ku.ri.i.mu.

パウダーファンデーション　　　粉餅
pa.u.da.a./fa.n.de.e.sho.n.

リキッドファンデーション　　　粉底液
ri.ki.ddo./fa.n.de.e.sho.n.

フェイスパウダー　　　蜜粉
fe.i.su.pa.u.da.a.

アイライナー　　　眼線筆
a.i.ra.i.na.a.

マスカラ　　　睫毛膏
ma.su.ka.ra.

つけまつげ　　　假睫毛
tsu.ke.ma.tsu.ge.

チークカラー　　　腮紅
chi.i.ku.ka.ra.a.

リップグロス　　　唇彩
ri.ppu.gu.ro.su.

リップスティック　　　口紅
ri.ppu.su.ti.kku.

彩妝工具

單字

ブラシ　　　刷具
bu.ra.shi.

シャープナー　　　削筆器
sha.a.pu.na.a.

アイシャドウブラシ　　　眼影刷
a.i.sha.do.u./bu.ra.shi.

アイブロウブラシ　　　眉刷
a.i.bu.ro.u./bu.ra.shi.

ビューラー　　　睫毛夾
bu.u.ra.a.

チークブラシ　　　腮紅刷
chi.i.ku.bu.ra.shi.

リップブラシ　　　口紅刷
ri.ppu.bu.ra.shi.

パフ　　　粉撲
pa.fu.

スポンジ　　　海綿
su.po.n.ji.

フェイス用バサミ　　　小剪刀
fe.i.su.yo.u./ba.sa.mi.

手足美妝

單字

ハンドクリーム　　　護手霜
ha.n.do./ku.ri.i.mu.

トップコート　　　表層護甲液
to.ppu.ko.o.to.

ベースコート　　　護甲底油
be.e.su.ko.o.to.

ネイルカラー　　　指甲油
ne.i.ru.ka.ra.a.

ネイルチップ　　　指甲貼片
ne.i.ru./chi.ppu.

ネイルシール　　　指甲貼紙
ne.i.ru./shi.i.ru.

ファイル　　　磨甲棒
fa.i.ru.

ネイルリムーバー　　　去光水
ne.i.ru./ri.mu.u.ba.a.

ネイルアート　　　指甲藝術
ne.i.ru./a.a.to.

フットマスク　　　足膜
fu.tto./ma.su.ku.

臉部保養

單字

化粧水 _{けしょうすい} 化妝水
ke.sho.u.su.i.

ローション　　乳液
ro.o.sho.n.

エッセンス／セラム　　精華液
e.sse.n.su./se.ra.mu.

モイスチャー　　保濕霜
mo.i.su.cha.a.

リッチクリーム　　乳霜
ri.cchi.ku.ri.i.mu.

アイジェル　　眼部保養凝膠
a.i.je.ru.

リップモイスト　　護唇膏
ri.ppu.mo.i.su.to.

リップクリーム　　護唇用
ri.ppu.ku.ri.i.mu.

スキンウォーター　　臉部保濕噴霧
su.ki.n.wo.o.ta.a.

パック／マスク　　面膜
pa.kku./ma.su.ku.

清潔用品

單字

洗顔料　　洗面乳
せんがんりょう
se.n.ga.n.ryo.u.

石鹸　　　香皂
せっけん
se.kke.n.

ボディシャンプー　　沐浴乳
bo.di.sha.n.pu.u.

クレンジングオイル　　卸妝油
ku.re.n.ji.n.gu./o.i.ru.

クレンジングフォーム　　卸妝乳
ku.re.n.ji.n.gu./fo.o.mu.

メイク落としシート　　卸妝紙巾
　　　　お
me.i.ku.o.to.shi./shi.i.to.

スクラブクリーム　　磨砂膏
su.ku.ra.bu./ku.ri.i.mu.

油とり紙　　吸油面紙
あぶら　　がみ
a.bu.ra.to.ri.ga.mi.

入浴剤　　泡澡用粉末／泡澡用液體
にゅうよくざい
nyu.u.yo.ku.za.i.

髭剃り　　刮鬍刀
ひげそ
hi.ge.so.ri.

身體保養防晒

單字

ベビーオイル　　　　嬰兒油
be.bi.i.o.i.ru.

パウダースプレー　　　　爽身噴霧
pa.u.da.a./su.pu.re.e.

日焼け止め　　　　防晒／防晒乳
hi.ya.ke.do.me.

日焼け止めミルク　　　　防晒乳
hi.ya.ke.do.me./mi.ru.ku.

日焼けローション　　　　助晒劑
hi.ya.ke./ro.o.sho.n.

クールローション　　　　日晒後修護霜
ku.u.ru./ro.o.sho.n.

アロエジェル　　　　蘆薈膠
a.ro.e.je.ru.

小麦色　　　小麥色
ko.mu.gi.i.ro.

日焼け肌　　　晒成小麥色的皮膚
hi.ya.ke.ha.da.

日焼けマシーン　　　　助晒機
hi.ya.ke./ma.shi.i.n.

香水類

單字

香水　　香水
ko.u.su.i.

オーデコロン　　　古龍水
o.o.de.ko.ro.n.

つける　　　擦（香水）
tsu.ke.ru.

香水瓶　　香水瓶
ko.u.su.i.bi.n.

アフターシェーブローション　　　鬍後水
a.fu.ta.a.she.bu.ro.o.sho.n.

パルファン　　　濃香水香料
pa.ru.fa.n.

オードパルファン

香水香氛（濃度較香精低）
o.o.do.pa.ru.fa.n.

オードトワレ　　　淡香水（濃度較香水低）
o.o.do.to.wa.re.

オーデコロン

古龍水／男性香水（濃度較淡香水低）
o.o.de.ko.ro.n.

髪型

單字

かみがた
髪型　　　髪型
ka.mi.ga.ta.

あ
編みこみヘア　　　髪側編辮子後再紮起
a.mi.ko.mi./he.a.

エクステ　　　接髪
e.ku.su.te.

ヘアピース　　　髪片
he.a.pi.i.su.

ショートヘア　　　短髮
sho.o.to.he.a.

ロングヘア　　　長髮
ro.n.gu.he.a.

セミロング　　　中長髮
se.mi.ro.n.gu.

くせ毛
け　　　自然捲的頭髮
ku.se.ge.

ねこっ毛
け　　　細軟髮質的頭髮
ne.ko.kke.

ストレート　　　直髮
su.to.re.e.to.

剪燙染髮

單字

美容師 美髮師
び ょ う し
bi.yo.u.shi.

ヘアサロン 美髮沙龍
he.a.sa.ro.n.

美容室 美髮院
びょうしつ
bi.yo.u.shi.tsu.

パーマ 燙髮
pa.a.ma.

ブロー 吹整
bu.ro.o.

カラー 染髮
ka.ra.a.

少し整える 修剪
すこ ととの
su.ko.shi./to.to.no.e.ru.

レイヤーカット 打層次
re.i.ya.a.ka.tto.

カット 剪髮
ka.tto.

前髪 瀏海
まえがみ
ma.e.ga.mi.

頭髮造型保養

單字

ヘアブラシ　　梳子
he.a.bu.ra.shi.

シャンプー　　洗髮精
sha.n.pu.u.

コンディショナー　　潤髮乳
ko.n.di.sho.na.a.

トリートメント　　護髮乳
to.ri.i.to.me.n.to.

ヘアアイロン　　平板夾
he.a.a.i.ro.n.

カールアイロン　　捲髮器
ka.a.ru.a.i.ro.n.

パサつき髪　　毛燥髮質
pa.sa.tsu.ki.ka.mi.

さらさら　　滑順
sa.ra.sa.ra.

えだげ　　分岔
e.da.ge.

ダメージヘア　　受損髮質
da.me.e.ji.he.a.

塑身沙龍

單字

エステティック／エステ　　美容塑身
e.su.te.te.ti.kku./e.su.te.

エステサロン　　美容中心
e.su.te./sa.ro.n.

マッサージ　　按摩
ma.ssa.a.ji.

脱毛　　除毛
だつもう
da.tsu.mo.u.

美白　　美白
び はく
bi.ha.ku.

リラクゼーション　　舒緩放鬆
ri.ra.ku.ze.e.sho.n.

整骨　　整骨
せいこつ
se.i.ko.tsu.

整体　　整骨
せいたい
se.i.ta.i.

全身按摩　　全身按摩
ぜんしんあんま
ze.n.shi.n./a.n.ma.

按摩／マッサージ師／指圧師
あんま　　　　　　　　し　しあつし

　　　　　　　　　　　　　　按摩／指壓師
a.n.ma./ma.ssa.a.ji.shi./shi.a.tsu.shi.

瘦身減肥

單字

ダイエット　　　減肥
da.i.e.tto.

ダイエット食　　　減肥食品
da.i.e.tto.sho.ku.

脂肪　　　脂肪
しぼう
shi.bo.u.

カロリー　　　卡路里
ka.ro.ri.i.

炭水化物　　　碳水化合物
たんすいかぶつ
ta.n.su.i.ka.bu.tsu.

低カロリー　　　低卡
てい
te.i.ka.ro.ri.i.

低炭水化物　　　低碳水化合物
ていたんすいかぶつ
te.i.ta.n.su.i.ka.bu.tsu.

低脂肪　　　低脂
ていしぼう
te.i.shi.bo.u

健康食品　　　健康食品
けんこうしょくひん
ke.n.ko.u./sho.ku.hi.n.

サプリメント　　　營養輔助食品
sa.pu.ri.me.n.to.

影視娛樂

電玩網路

單字

テレビゲーム機　　　電視遊樂器
te.re.bi.ge.e.mu.ki.

ポータブルゲーム機　　　掌上型電玩
bo.o.ta.bu.ru./ge.e.mu.ki.

PC ゲーム　　　電腦遊戲
pi.shi.ge.e.mu.

ゲームアプリ　　　遊戲 APP
ge.e.mu./a.pu.ri.

ネット　　　網路
ne.tto.

オンラインゲーム　　　線上遊戲
o.n.ra.i.n.ge.e.mu.

シュミレーション　　　虛擬遊戲
shu.mi.re.e.sho.n.

ロールプレイングゲーム

　　　　　　　　　角色扮演遊戲、RPG
ro.o.ru.pu.re.i.n.gu.ge.e.mu.

ネットカフェ　　　網咖
ne.tto.ka.fe.

動畫

單字

アニメ／アニメーション　　　動畫
a.ni.me./a.ni.me.e.sho.n.

テレビアニメ　　　電視卡通
te.re.bi.a.ni.me.

アニメ映画　　　動畫電影
え い が
a.ni.me.e.i.ga.

アニメソング／アニソン　　　動畫歌曲
a.ni.me.so.n.gu./a.ni.so.n.

主題歌　　　主題曲
しゅだいか
shu.da.i.ka.

声優　　　配音員
せいゆう
se.i.yu.u.

フィギュア　　　人偶
fi.gyu.a.

キャラクターグッズ　　　週邊商品
kya.ra.ku.ta.a.gu.zzu.

おたく　　　御宅族
o.ta.ku.

コスプレ　　　角色扮演
ko.su.pu.re.

漫畫

單字

コミック／漫画　　　漫畫
ko.mi.kku./ma.n.ga.

漫画喫茶　　　漫畫網咖
ma.n.ga./ki.ssa.

アニメ化　　　漫畫改編成卡通
a.ni.me.ka.

四コマ漫画　　　4格漫畫
yo.n.ko.ma.ma.n.ga.

ホラー漫画　　　恐怖漫畫
ho.ra.a.ma.n.ga.

ギャグ漫画　　　搞笑漫畫
gya.gu.ma.n.ga.

マンガ誌／コミック誌　　　漫畫雜誌
man.ga.shi./ko.mi.kku.shi.

連載　　　連載
re.n.sa.i.

単行本　　　單行本
ta.n.ko.u.bo.n.

メイドカフェ　　　女僕咖啡廳
me.i.do./ka.fe.

3C 產品

單字

ノートパソコン　　筆記型電腦
no.o.to.pa.so.ko.n.

タブレット　　平板電腦
ta.bu.re.tto.

ソフト　　軟體
so.fu.to.

複合機　　事務機
ふくごうき
fu.ku.go.u.ki.

スキャナ　　掃描機
su.kya.na.

スピーカー　　喇叭
su.pi.i.ka.a.

スマホ　　智慧型手機
su.ma.ho.

デジタルカメラ　　數位相機
de.ji.ta.ru.ka.me.ra.

モバイルバッテリー　　行動電源
mo.ba.i.ru./ba.tte.ri.i.

スマホケース　　手機保護殼
su.ma.ho./ke.e.su.

影音唱片

單字

CD ショップ　　　唱片行
shi.di.sho.ppu.

ブルーレイ　　　藍光 DVD
bu.ru.u./re.i.

ライブ DVD　　　演唱會 DVD
ra.i.bu./di.bi.di.

ジャンル　　　類別
ja.n.ru.

ダウンロード　　　下載
da.u.n.ro.o.do.

音楽配信サービス　　　音樂下載服務
o.n.ga.ku./ha.i.shi.n./sa.a.bi.su.

アルバム　　　專輯
a.ru.ba.mu.

シングル　　　單曲
shi.n.gu.ru.

ランキング　　　排行榜
ra.n.ki.n.gu.

売上　　　銷量
u.ri.a.ge.

書籍

單字

本　　書
ほん
ho.n.

雑誌　　雜誌
ざっし
za.sshi.

週刊誌　　週刊
しゅうかんし
sho.u.ka.n.shi.

絵本　　繪本
えほん
e.ho.n.

エッセイ　　散文
e.sse.i.

新書　　小開本人文科學類書籍
しんしょ
shi.n.sho.

文庫　　小開本書籍
ぶんこ
bu.n.ko.

ゲーム攻略本　　遊戲攻略
こうりゃくぼん
ge.e.mu./ko.u.rya.ku.bo.n.

ムック本　　MOOK 誌
ぼん
mu.kku.bo.n.

ベストセラー　　暢銷書
be.su.to.se.ra.a.

偶像演員

單字

アイドル　　　偶像
a.i.do.ru.

俳優　　　演員／男演員
はいゆう
ha.i.yu.u.

女優　　　女演員
じょゆう
jo.yu.u.

アーティスト　　　藝術家／藝人
a.a.ti.su.to.

タレント写真集　　　寫真集
しゃしんしゅう
ta.re.n.to./sha.shi.n.shu.u.

グループ　　　團體
gu.ru.u.pu.

ファン　　　歌迷／影迷
fa.n.

ファンクラブ　　　後援會
fa.n./ku.ra.bu.

ファンミーティング　　　見面會
fa.n./mi.i.ti.n.gu.

握手会　　　握手會
あくしゅかい
a.ku.shu.ka.i.

歌手樂團

單字

歌手　　歌手
ka.shu.

曲　　　曲
kyo.ku.

楽器　　樂器
ga.kki

演歌歌手　　演歌歌手
e.n.ka.ka.shu.

シンガーソングライター　　創作歌手
shi.n.ga.a.so.n.gu.ra.i.ta.a.

バンド　　樂團
ba.n.do.

ボーカリスト　　主唱
bo.o.ka.ri.su.to.

ドラマー　　鼓手
do.ra.ma.a.

ギターリスト　　吉他手
gi.ta.a.ri.su.to.

ベーシスト　　貝斯手
be.e.shi.su.to.

音樂類型

單字

J ポップ (J-POP)　　日本流行音樂
je.po.ppu.

クラシック　　古典樂
ku.ra.shi.kku.

民族音楽<ruby>民族音楽<rt>みんぞくおんがく</rt></ruby>　　民俗音樂
mi.n.zo.ku.o.n.ga.ku.

ポップ音楽<ruby>音楽<rt>おんがく</rt></ruby>　　流行樂
po.ppu.o.n.ga.ku.

ロックンロール　　搖滾樂
ro.kku.n.ro.o.ru.

バラード　　情歌
ba.ra.a.do.

ダンス曲<ruby>曲<rt>きょく</rt></ruby>　　舞曲
da.n.su.kyo.ku.

歌謡曲<ruby>歌謡曲<rt>かようきょく</rt></ruby>　　早期的流行歌曲
ka.yo.u.kyo.ku.

フォーク　　民謠
fo.o.ku.

ジャズ　　爵士
ja.zu.

電視節目

單字

番組　　節目
ばんぐみ
ba.n.gu.mi.

司会　　主持人
しかい
shi.ka.i.

アナウンサー　　主播／播報員
a.na.u.n.sa.a.

番組表　　節目表
ばんぐみひょう
ba.n.gu.mi./hyo.u.

ニュース番組　　新聞節目
ばんぐみ
nyu.u.su./ba.n.gu.mi.

情報番組　　生活資訊節目
じょうほうばんぐみ
jo.u.ho.u./ba.n.gu.mi.

音楽番組　　音樂節目
おんがくばんぐみ
o.n.ga.ku.ba.n.gu.mi.

バラエティ番組　　綜藝節目
ばんぐみ
ba.ra.e.ti./ba.n.gu.mi.

スポーツ番組　　體育節目
ばんぐみ
su.po.o.tsu./ba.n.gu.mi.

生放送　　現場直播
なまほうそう
na.ma./ho.u.so.u.

電影戲劇

單字

映画 電影
e.i.ga.

映画鑑賞 電影欣賞
e.i.ga.ka.n.sho.u.

映画館 電影院
e.i.ga.ka.n.

シネコン 複合式影院
shi.ne.ko.n.

劇場 電影院／劇場
ge.ki.jo.u.

映画 DVD 電影 DVD
e.i.ga./di.bi.di.

ドキュメンタリー 紀錄片
do.kyu.me.n.ta.ri.i.

ホラー映画 恐怖片
ho.ra.a./e.i.ga.

コメディ 喜劇
ko.me.di.

ドラマ 連續劇
do.ra.ma.

體育活動

單字

ビリヤード　　撞球
bi.ri.ya.a.do.

卓球<ruby>卓球<rt>たっきゅう</rt></ruby>　　乒乓球
ta.kkyu.u.

バレーボール　　排球
be.re.e.bo.o.ru.

テニス　　網球
te.ni.su.

野球<ruby>野球<rt>やきゅう</rt></ruby>　棒球
ya.kyu.u.

ボウリング　　保齡球
bo.u.ri.n.gu.

ゴルフ　高爾夫球
go.ru.fu.

サッカー　　足球
sa.kka.a.

バスケットボール　　籃球
ba.su.ke.tto./bo.o.ru.

水泳<ruby>水泳<rt>すいえい</rt></ruby>　游泳
su.i.e.i.

主要競技場地

單字

ドーム　　　巨蛋
do.o.mu.

きょうぎじょう
競技場　　　體育場
kyo.u.gi.jo.u.

りくじょうきょうぎじょう
陸上競技場　　　田徑運動場
ri.ku.jo.u./kyo.u.gi.jo.u.

きゅうじょう
球場　　　球場
kyu.u.jo.u.

スタジアム　　　無屋頂的大型體育場
su.ta.ji.a.mu.

アリーナ　　　有屋頂的體育場
a.ri.i.na.

うんどうじょう
運動場　　　體育場
u.n.do.u.jo.u.

しみんかいかん
市民会館　　　市民活動中心
shi.mi.n./ka.i.ka.n.

プール　　　游泳池
pu.u.ru.

テニスコート　　　網球場
te.ni.su./ko.o.to.

日本傳統技藝

單字

はいく
俳句　　　俳句
ha.i.ku.

にほんぶよう
日本舞踊　　日本舞
ni.ho.n./bu.yo.u.

のうがく
能楽　　　能樂
no.u.ga.ku.

きょうげん
狂言　　　狂言
kyo.u.ge.n.

かぶき
歌舞伎　　歌舞伎
ka.bu.ki.

しゃみせん
三味線　　三味線
sha.mi.se.n.

らくご
落語　　　單口相聲
ra.ku.go.

さどう
茶道　　　茶道
sa.do.u.

しょどう
書道　　　書法
sho.do.u.

すもう
相撲　　　相撲
su.mo.u.

藝術活動

單字

えんげき
演劇　　　戲劇
e.n.ge.ki.

がろう
画廊　　　畫廊美術館
ga.ro.u.

てんらんかい
展覧会　　　展覽
te.n.ra.n.ka.i.

デッサン　　　素描
de.ssa.n.

イラスト　　　插畫
i.ra.su.to.

がか
画家　　　畫家
ga.ka.

オペラ　　　歌劇
o.pe.ra.

ミュージカル　　　音樂劇
my.u.ji.ka.ru.

ダンス　　　舞蹈
da.n.su.

こうげい
工芸　　　工藝
ko.u.ge.i.

占星算命（1）

單字

星座（せいざ）　星座
se.i.za.

血液型（けつえきがた）　血型
ke.tsu.e.ki.ga.ta.

誕生日（たんじょうび）　生日
ta.n.jo.u.bi.

火（ひ）のサイン　火向星座
hi.no.sa.i.n.

風（かぜ）のサイン　風向星座
ka.ze.no.sa.i.n.

地（ち）のサイン　土向星座
chi.no.sa.i.n.

水（みず）のサイン　水向星座
mi.zu.no.sa.i.n.

おひつじ座（ざ）　白羊座
o.hi.tsu.ji.za.

おうし座（ざ）　金牛座
o.u.shi.za.

ふたご座（ざ）　雙子座
fu.ta.go.za.

占星算命（2）

單字

かに座　　巨蟹座
ka.ni.za.

しし座　　獅子座
shi.shi.za.

乙女座　　處女座
o.to.me.za.

てんびん座　　天秤座
te.n.bi.n.za.

さそり座　　天蠍座
sa.so.ri.za.

いて座　　射手座
i.te.za.

山羊座　　山羊座／魔羯座
ya.gi.za.

みずがめ座　　水瓶座
mi.zu.ga.me.za.

うお座　　雙魚座
u.o.za.

占い　　算命
u.ra.na.i.

突發狀況

感冒不適

單字

風邪（かぜ）　感冒
ka.ze.

インフルエンザ　　流行性感冒
i.n.fu.ru.e.n.za.

体温（たいおん）　體溫
ta.i.o.n.

温度（おんど）　溫度
o.n.do.

発熱（はつねつ）　發燒
ha.tsu.ne.tsu.

平熱（へいねつ）　正常體溫
he.i.ne.tsu.

高熱（こうねつ）　高燒
ko.u.ne.tsu.

微熱（びねつ）　稍微發燒
bi.ne.tsu.

咳（せき）　咳嗽
se.ki.

鼻水（はなみず）　鼻水
ha.na.mi.zu.

過敏疼痛

單字

アレルギー　　　過敏
a.re.ru.gi.i.

かびんしょう
過敏症　　　過敏
ka.bi.n.sho.u.

かふんしょう
花粉症　　　花粉症
ka.fu.n.sho.u.

じんましん　　　蕁麻疹
ji.n.ma.shi.n.

かゆ
痒み　　癢
ka.yu.mi.

ずつう
頭痛　　頭痛
zu.tsu.u.

ようつう
腰痛　　腰痛
yo.u.tsu.u.

いつう
胃痛　　胃痛
i.tsu.u.

しんけいつう
神経痛　　　神經痛
shi.n.ke.i.tsu.u.

いた
痛み　　疼痛
i.ta.mi.

暈機暈車

單字

乗り物酔い　　暈船暈機的統稱
の　もの　よ
no.ri.mo.no./yo.i.

船酔い　　暈船
ふな　よ
fu.na./yo.i.

飛行機酔い　　暈機
ひ こう き よ
hi.ko.u.ki./yo.i.

車酔い　　暈車
くるま よ
ku.ru.ma./yo.i.

めまい　　頭暈
me.ma.i.

吐き気　　想吐
は　け
ha.ki.ke.

生あくび　　頻打呵欠
なま
na.ma./a.ku.bi.

しびれ　　手腳發麻
shi.bi.re.

冷や汗　　冒冷汗
ひ　あせ
hi.ya.a.se.

動悸　　心悸
どう き
do.u.ki.

慢性病

単字

生活習慣病　　文明病
せいかつしゅうかんびょう
se.i.ka.tsu.shu.u.ka.n.byo.u.

心臓病　　心臟病
しんぞうびょう
shi.n.zo.u.byo.u.

糖尿病　　糖尿病
とうにょうびょう
to.u.nyo.u.byo.u.

高血圧　　高血壓
こうけつあつ
ko.u.ke.tsu.a.tsu.

肥満　　肥胖
ひまん
hi.ma.n.

メタボリック症候群／メタボ
しょうこうぐん

代謝症候群
me.ta.bo.ri.kku.sho.u.ko.u.gu.n./me.ta.bo.

高コレステロール血症　　高膽固醇
こう　　　　　　　　　　　けっしょう
ko.u./ko.re.su.te.ro.o.ru./ke.ssho.u.

がん　　癌
ga.n.

痛風　　痛風
つうふう
tsu.u.fu.u.

卒中　　中風
そっちゅう
so.cchu.u.

受傷

單字

傷 (きず)
傷/傷口/傷痕
ki.zu.

凍傷 (とうしょう)
凍傷
to.u.sho.u.

やけど
燙傷/燒傷
ya.ke.do.

打撲傷 (だぼくしょう)
跌打傷
da.bo.ku.sho.u.

擦り傷 (す きず)
擦傷
su.ri.ki.zu.

掻き傷 (か きず)
抓傷
ka.ki.ki.zu.

刺し傷 (さ きず)
刺傷
sa.shi.ki.zu.

切り傷 (き きず)
割傷
ki.ri.ki.zu.

傷跡 (きずあと)
傷疤
ki.zu.a.to.

水ぶくれ (みず)
水泡
mi.zu.bu.ku.re.

身體部位

單字

あたま
頭　　　頭
a.ta.ma.

くび
首　　　脖子
ku.bi.

むね
胸　　　胸
mu.ne.

うで
腕　　　手臂
u.de.

て
手　　　手
te.

なか
お腹　　　肚子
o.na.ka.

あし
足　　　腳
a.shi.

せ なか
背中　　　背
se.na.ka.

かた
肩　　　肩
ka.ta.

こし
腰　　　腰
ko.shi.

五官

單字

かお
顔　　　臉
ka.o.

め
目　　　眼睛
me.

まゆげ
眉毛　　　眉毛
ma.yu.ge.

げ
まつ毛　　　睫毛
ma.tsu.ge.

みみ
耳　　　耳朵
mi.mi.

くち
口　　　嘴巴
ku.chi.

は
歯　　　牙齒
ha.

くちびる
唇　　　嘴唇
ku.chi.bi.ru.

はな
鼻　　　鼻子
ha.na.

はだ
肌　　　皮膚
ha.da.

藥品種類

單字

風邪薬　　感冒藥
ka.ze./gu.su.ri.

胃腸薬　　胃腸藥
i.cho.u./ya.ku.

便秘薬　　瀉藥
be.n.pi./ya.ku.

酔い止め　　止暈藥
yo.i.do.me.

目薬　　眼藥水
me.gu.su.ri.

痛み止め　　止痛藥
i.ta.mi./do.me.

解熱剤　　退燒藥
ge.ne.tsu.za.i.

塗り薬　　藥膏
nu.ri./gu.su.ri.

下痢止め　　止瀉藥
ge.ri.do.me.

頭痛薬　　頭痛藥
zu.tsu.u./ya.ku.

急救箱內容物

單字

きゅうきゅうばこ
救急箱　　急救箱
kyu.u.kyu.u.ba.ko.

しょうどくめん
アルコール消毒綿　　藥用酒精片
a.ru.ko.o.ru./sho.u.do.ku.me.n.

なんこう
軟膏　　軟膏
na.n.ko.u.

しっぷ
湿布　　痠痛貼布
shi.ppu.

たいおんけい
体温計　　溫度計
ta.i.o.n.ke.i.

だっしめん
脱脂綿　　棉花球
da.sshi.me.n.

ほうたい
包帯　　繃帶
ho.u.ta.i.

ばんそうこう
絆創膏　　OK繃
ba.n.so.u.ko.u.

ふしょくふ
不織布テープ　　膠帶
fu.sho.ku.fu./te.e.pu.

ガーゼ　　紗布
ga.a.ze.

醫院類別

單字

病院　　　醫院
びょういん
byo.u.i.n.

診療所　　　診所
しんりょうじょ
shi.n.ryo.u.jo.

クリニック　　　診所
ku.ri.ni.kku.

医療施設　　　醫療單位
いりょうしせつ
i.ryo.u.shi.se.tsu.

診察室　　　看診間
しんさつしつ
shi.n.sa.tsu.shi.tsu.

救急室　　　急診室
きゅうきゅうしつ
kyu.u.kyu.u.shi.tsu.

救急病院　　　緊急醫院
きゅうきゅうびょういん
kyu.u.kyu.u./byo.u.i.n.

大学病院　　　大學附設醫院
だいがくびょういん
da.i.ga.ku./byo.u.i.n.

療養所　　　療養院
りょうようじょ
ryo.u.yo.u.jo.

専門医療研究センター　　　大型醫療中心
せんもんいりょうけんきゅう
se.n.mo.n./i.ryo.u./ke.n.kyu.u./se.n.ta.a.

門診類別

單字

内科　　　内科
na.i.ka.

外科　　　外科
ge.ka.

産婦人科　　　婦產科
sa.n.fu.ji.n.ka.

小児科　　　小兒科
sho.u.ni.ka.

耳鼻科　　　耳鼻喉科
ji.bi.ka.

皮膚科　　　皮膚科
hi.fu.ka.

眼科　　　眼科
ga.n.ka.

神経科　　　神經內科
shi.n.ke.i.ka.

消化器科　　　肝膽腸胃科
sho.u.ka.ki.ka.

整形外科　　　整形外科
se.i.ke.i./ge.ka.

遺失物品

單字

落し物　　　遺失物（掉在某處）
o.to.shi./mo.no.

忘れ物　　　遺失物（忘在某處）
wa.su.re.mo.no.

スリ　　扒手
su.ri.

強盗　　強盗
go.u.to.u.

置き引き　　放著被拿走
o.ki.bi.ki.

ひったくり　　搶劫
hi.tta.ku.ri.

窃盗　　偷竊
se.tto.u.

盗難届　　報案單
to.u.na.n./to.do.ke.

拾った　　撿到
hi.ro.tta.

拾得物　　撿到的物品
shu.u.to.ku.bu.tsu.

天然災害

單字

黄砂　　　沙塵暴
こうさ
ko.u.sa.

つなみ　　海嘯
tsu.na.mi.

台風　　　颱風
たいふう
ta.i.fu.u.

洪水　　　洪水
こうずい
ko.u.zu.i.

あらし　　暴風雨
a.ra.shi.

地震　　　地震
じしん
ji.shi.n.

山崩れ　　山崩
やまくず
ya.ma.ku.zu.re.

土石流　　土石流
どせきりゅう
do.se.ki.ryu.u.

噴火　　　火山爆發
ふんか
fu.n.ka.

なだれ　　雪崩
na.da.re.

人為災害

單字

事故　　　意外
ji.ko.

交通事故　　　交通事故
ko.u.tsu.u./ji.ko.

鉄道事故　　　火車事故
te.tsu.do.u./ji.ko.u.

航空事故　　　飛航事故
ko.u.ku.u./ji.ko.

医療事故　　　醫療事故
i.ryo.u./ji.ko.

火災　　　火災
ka.sa.i.

爆発事故　　　爆炸意外
ba.ku.ha.tsu./ji.ko.

大規模停電　　　大規模停電
da.i.ki.bo./te.i.te.n.

食中毒　　　食物中毒
sho.ku.chu.u.do.ku.

一酸化炭素中毒事故　　　一氧化碳中毒
i.ssa.n.ka.ta.n.so./chu.u.do.ku./ji.ko.

求救

單字

助<ruby>助<rt>たす</rt></ruby>けて　　救命啊／幫幫忙
ta.su.ke.te.

<ruby>誰<rt>だれ</rt></ruby>か　　快來人啊
da.re.ka.

<ruby>道<rt>みち</rt></ruby>に<ruby>迷<rt>まよ</rt></ruby>ってしまった　　迷路了
mi.chi.ni./ma.yo.tte./shi.ma.tta.

<ruby>１１０番<rt>ひゃくとおばん</rt></ruby>　　110報案電話
hya.ku.to.o./ba.n.

<ruby>１１９番<rt>ひゃくじゅうきゅうばん</rt></ruby>　　119報案電話
hya.ku./ju.u.kyu.u./ba.n.

<ruby>交番<rt>こうばん</rt></ruby>　　警察局
ko.u.ba.n.

<ruby>救急車<rt>きゅうきゅうしゃ</rt></ruby>　　救護車
kyu.u.kyu.u.sha.

<ruby>消防車<rt>しょうぼうしゃ</rt></ruby>　　消防車
sho.u.bo.u.sha.

パトカー　　警車／巡邏車
pa.to.ka.a.

パトライト　　警示燈
pa.to.ra.i.to.

サイレン　　警鈴
sa.i.re.n.

旅遊必備
短句

旅遊常用句

單字

こんにちは　　你好
ko.n.ni.chi.wa.

おはよう　　早安
o.ha.yo.u.

こんばんは　　晩安
ko.n.ba.n.wa.

ありがとう　　謝謝
a.ri.ga.to.u.

すみません　　對不起／不好意思
su.mi.ma.se.n.

いただきます　　我開動了
i.ta.da.ki.ma.su.

ごちそうさまでした　　吃飽了／謝謝招待
go.chi.so.u.sa.ma./de.shi.ta.

はじめまして　　初次見面
ha.ji.me.ma.shi.te.

どうぞよろしく　　請多指教
do.u.zo./yo.ro.shi.ku.

では、また　　再見
de.wa./ma.ta.

問句

單字

だれ
誰　　　誰
da.re.

どこ　　哪邊／哪裡
do.ko.

どんな　　什麼樣的
do.n.na.

いくつ　　幾個／幾歲
i.ku.tsu.

なに
何　　什麼
na.ni.

いつ　　什麼時候
i.tsu.

いくら　　多少／多少錢
i.ku.ra.

どれ　　哪一個
do.re.

どう　　怎麼樣／怎麼
do.u.

どうして　　為什麼
do.u.shi.te.

國家圖書館出版品預行編目資料

隨手翻旅遊必備日文單字 / 雅典日研所企編. -- 初版.
-- 新北市：雅典文化，民102.09
面；　公分. --（全民學日語；26）
ISBN 978-986-6282-93-5（平裝附光碟片）
1. 日語 2. 旅遊 3. 詞彙
803.12　　　　　　　　　　　　　　　　102013495

全民學日語系列 26

隨手翻旅遊必備日文單字

編著／雅典日研所
責編／許惠萍
美術編輯／林子凌
封面設計／蕭若辰

法律顧問：方圓法律事務所／涂成樞律師

總經銷：永續圖書有限公司
永續圖書線上購物網
www.foreverbooks.com.tw

CVS代理／美璟文化有限公司
TEL：（02）2723-9968
FAX：（02）2723-9668

出版日／2013年09月

雅典文化

出版社
22103　新北市汐止區大同路三段194號9樓之1
TEL　（02）8647-3663
FAX　（02）8647-3660

隨手翻旅遊必備日文單字

雅致風靡　典藏文化

親愛的顧客您好，感謝您購買這本書。

為了提供您更好的服務品質，煩請填寫下列回函資料，您的支持
是我們最大的動力。

您可以選擇傳真、掃描或用本公司準備的免郵回函寄回，謝謝。

姓名：			性別：	□男　　□女
出生日期：　　年　　月　　日			電話：	
學歷：			職業：	□男　　□女
E-mail：				
地址：□□□				
從何得知本書消息：□逛書店 □朋友推薦 □DM廣告 □網路雜誌				
購買本書動機：□封面 □書名 □排版 □內容 □價格便宜				
你對本書的意見： 內容：□滿意□尚可□待改進　　編輯：□滿意□尚可□待改進 封面：□滿意□尚可□待改進　　定價：□滿意□尚可□待改進				
其他建議：				

總經銷：永續圖書有限公司

永續圖書線上購物網

www.foreverbooks.com.tw

您可以使用以下方式將回函寄回。

您的回覆，是我們進步的最大動力，謝謝。

① 使用本公司準備的免郵回函寄回。

② 傳真電話：（02）8647-3660

③ 掃描圖檔寄到電子信箱：

　　yungjiuh@ms45.hinet.net